【味覚創造《みかくそうぞう》】は万能です 3

神様から貰った
チートスキルで
異世界一の料理人
を目指します

Akibudou
秋ぶどう

Illust.
フルーツパンチ。

MIKAKUSOUZOU HA BANNOU DESU

登場人物紹介
ラテ
カフィの弟で、
姉と共にメグルの店で
働き始める。
ビア
ドワーフの少女。
メグルの料理をきっかけに
彼の店を手伝うことになる。
カフィ
メグルの店の
従業員募集に応募してきた
猫獣人の少女。

日之本巡《ひのもとめぐる》
食べ歩きが趣味の青年。
「思うがままの味覚が作れる」という
【味覚創造】のスキルを手に入れ、
異世界でレストランを開く。
フルール
装飾スキルを持つ少女。
天才と呼ばれる実力者だが、
変わり者な一面も。
ツキネ
クービス
メグルに決闘を
申しこんできた青年。
浅からぬ因縁が
あるようだが……

第一話　引っ越し

俺の名前は日之本巡《ひのもとめぐる》。

食べ歩きが趣味《しゅみ》のしがない会社員だった俺は、山奥にある幻《まぼろし》の店を目指す道中、滑落《かつらく》して命を落とす。

しかし、幻の店の店主であった食神《しょくしん》の爺《じい》さんに魂《たましい》を拾われ、食文化が発達した異世界に転生を果たすこととなった。

転生の際、食神の爺さんから授かったのは、【味覚創造《みかくそうぞう》】という名のスキル。

頭に思い浮かべた味を料理として具現化可能で、細かい味の調整や見た目・食感の調整もできるようになっている。

そんな夢のようなスキルを得た俺は、酒蔵の娘でドワーフのビア、白狐《びゃっこ》のツキネと共に、食の都エッセンでレストラン『グルメの家』を開店した。

順調な営業が続く中、新たな従業員として装飾人のフルールを加えた俺達は、新店のみが参加可能な〝新店フェス〟で二位という好成績を収める。

さらには、そのフェスで一位を獲っていた九つ星料理人のピルツさんからも太鼓判《たいこばん》を押された。

九つ星というのは、星数で表される料理人ランクの中でも上位に入る、一流のランクだ。

そんなピルツさんが認めたこともあり、『グルメの家』とそのシェフである俺の注目度は急上昇。料理人ギルド王都本部のギルドマスター、リチェッタさんの呼び出しを受け、よりハイレベルな区内への移転を勧められた。

彼女の提案について思うところもあった俺は、考えた末に移転を決定し、新天地での開店に向けて現在の店を閉めるのだった——


移転のために『グルメの家』を閉店して数日。

俺は店の皆と共に、商人ギルドを訪れていた。

受付でギルドカードを私、訪問の目的を伝えると、職員が驚いた顔をする。

「次の店舗用の物件探しですか……メグル様のお話は耳にしていましたが、もう移転されるのですか？」

「行列が他の店にも伸びてしまいまして。区外というのもあって、このままじゃ迷惑になると思ったんです」

この王都はグルメ特区を中心に一区、二区、三区と円状に広がる構造になっていて、さらにその外側は区外と呼ばれ、駆け出し料理人の店が多い。

長い行列はそうした新店のやっかみを受けてしまう上、集客の妨《さまた》げにもなってしまう。

「ああ、行列が理由ですか。ずいぶんと話題になりましたからね。たしかに区外では悪目立ちしそうです」

人がよさそうな笑みを浮かべながら、ギルドカードを返却する職員。

「それで、今回はどのような物件をお探しで？」

「そうですね……場所は一区か二区で、広さは今の物件よりも広めがいいです。あとは――」

希望の場所、大体の広さ、その他いくつかの希望条件について、時折挟まれる質問に答えながら伝えていく。

「なるほど、わかりました。条件を基《もと》に良さそうな物件を調べてみます」

「お願いします」

「資料を出すまでしばらく時間がかかりますが、その間はどうされますか？」

職員からそう言われたので、カウンターを離れて時間を潰《つぶ》すことにした。

ギルド内にはたくさんの掲示板があるため、時間潰しにはそれほど困らない。

「ふーん、料理コンテストの案内か。やっぱ他の地方でも盛んなんだな」

王都から離れた土地の料理コンテスト情報も張られていたので、それを見ながら待つこと数分。

資料を手にしたギルド職員が思いの外《ほか》早くやってきた。

「お待たせしました。いくつか候補の資料を持ってきましたよ」

「ありがとうございます。結構多いですね」

職員が持ってきた資料は、見たところ十枚以上ある。

「ええ、条件に合った物件を五つと、少し外れますが大まかな条件を満たす物件が三つ。あとはメグル様の要望を考慮《こうりょ》に入れつつ、個人的におすすめしたい物件がいくつかあります」

職員はパラパラと資料をめくりながら答える。

「ただ、それぞれの場所が離れているので、全て見て回るにはかなり時間がかかります。この場で数軒に絞《しぼ》っていただけると助かるのですが、よろしいでしょうか？」

「大丈夫ですよ」

「ありがとうございます。まずはこちらの物件なのですが……」

職員はさっそく一軒目の資料を提示し、物件の説明を始めた。

資料には簡単な間取りと店のキャパシティ、キッチン設備の概要等が記されている。

異世界のテイストは入っているが、概《おおむ》ね前世の物件情報と似た感じだ。

「次にこちらの物件は――」

一軒目の説明を終えた職員は、そのまま二軒目の説明に移る。

俺達が「ふむふむ」と相槌《あいづち》を打つ中、テンポよく説明は進んでいき、スムーズに五軒目までの説明が終わった。

「うーん、どれもいい感じですね……」

腕を組んで呟《つぶや》いた俺に、ビア達がうんうんと頷《うなず》く。

五つ目までの物件は全て、希望条件を満たしたものだった。

店内の広さも申し分ないし、現在の店舗と同じく二階に居住スペースがある。

キッチンスペックもほぼ同水準で、建物自体の差はあまりないだろう。

あとは立地の問題だが、俺には王都の土地勘《かん》がない。

物件周辺の雰囲気は実際に見ないとわからないので、絞り込むのが難しそうだ。

「とりあえず、他の物件の説明もお願いしていいですか？」

俺はそう言って、ひとまず六軒目以降の説明を聞く。

先ほどと違って条件に合わない部分もあるが、賃料の安さやスペック等に秀でた優良物件とのことらしい。

さすが優良というだけあり、魅力的なラインナップとなっていた。

「でも二階がないのはちょっと気になるね」

「ん。私も思った」

「そうだな……」

俺はビアとフルールの言葉に同意する。

どれも素晴らしい物件ではあるが、一軒を除き二階の居住スペースがない。

居住スペースはなるべく欲しいところなので、その点が惜しいと感じてしまう。

唯一《ゆいいつ》居住スペースがある一軒も、部屋の狭さが気になるため、総合的には最初の五軒のほうが良さそうだ。

「残りは、個人的におすすめしたい物件ですが……」

そして最後に、職員が独自にセレクトした物件をいくつか紹介してもらう。

面白い設備や外装、超好立地の物件等、個性的な物件が揃っている。

「なるほど。でもやっぱり、居住スペースはついてないですよね……うーん」

家用に別の物件を借りられないわけではないが、住宅用物件が集まったエリアは飲食店のエリアから少し離れた場所にある。

階下に行くだけでいい状態に慣れた今、通勤の手間を省《はぶ》けるのであればそちらのほうが良いと感じる。

やはり最初の五軒が候補かな……と考えはじめた時、職員が紹介したある一つの物件が俺の興味を惹《ひ》いた。

「これって……」


その翌日。

「いやあ、即決しちゃったなあ」

二区にある、次の店舗用物件を見ながら俺は苦笑する。

昨日、俺はとある一つの物件に興味を惹かれ、内見先のリストに加えた。

その後、他の候補物件と合わせて内見を行《おこな》ったが、最後に訪れたその物件——いま目の前にある
それが一番魅力的に感じた。

ビアとフルールも同じ物件を気に入り、ツキネも俺達の意見に賛同した。

そんなわけで俺は、その場で契約を即決。

内見からギルドに戻った後、区外の物件——前店舗の解約を申し込んだ。

契約が切れるのは来週末とのことだったが、今日から新しい物件に住んで構わないようなので、
さっそく引っ越しにやってきたのだ。

「まさか即日で引っ越すとはな……」

地球の常識で考えれば、段ボール詰めや家具の配送手配で最低数日は必要になる。

俺も元々は数日かけて引っ越すつもりだったのだが、「今日引っ越してもいいんじゃない？」と
いうビア達の一言で移動が決定した。

ちょっとした荷物は魔法袋——見た目以上の容量になる空間魔法がかかった袋に収納した。

そして家具類については、もともとツキネの力で生み出したものなので、その力で一度解体して
しまい、移動先で新しく作り直そうという話になった。

一番の面倒事は家具類の処理だと考えていたので、まさにツキネ様様だ。

ちなみに前の店舗同様、今回の物件についても内装のリノベーションが認められている。

まずは各自の部屋を整えることが先決だが、時間が余れば内装決めに取り掛かるつもりだ。

「メグルー！　どうしたの？」

新しい内装のことを考えていると、背中からビアの声がかかる。

早く自分の部屋に入りたくてうずうずしている様子だ。

「ああ、ごめんごめん。それじゃとりあえず、住むほうの建物に行こうか」

俺は笑いながら返すと、目の前の店舗用物件を離れ、隣にある二階建ての建物へと向かう。

そう、今回俺が借りた物件は合計で二軒。

店舗用の建物が一軒と、居住用の建物が一軒という、思い切った決断の結果であった。

こちらは俺達の家となるわけだが、その外観はどちらかと言えば寮《りょう》に近い。

実際、従業員用の寮として作られた建物らしく、商人ギルドの職員も、セットでの契約が基本になると言っていた。

従業員寮という存在は完全に頭から抜けていたので、まさに目から鱗《うろこ》の物件である。

「よし、入るか」

中に入った俺達は、がらんとした廊下を進みながら二階に向かう。

建物内の部屋数は一階に三部屋と二階に四部屋で計七部屋。

一階の部屋が少ないのは皆で集まるためのリビングスペースがあるためだが、それでも十分な部屋数がある。

「改めて見るとかなり広いね」

「ん、贅沢《ぜいたく》」

「そうだな。だけど、今後のためを思えばいい契約かな」

ビアとフルールの言葉に頷きながら言う。

衝動買い……衝動契約？　にしては結構な広さの物件だが、特段後悔はしていない。

これから増えるであろう従業員達が住むことを考えれば、余裕があることはいいことだ。

ちなみに賃料は、店舗用物件と合わせて月あたり八十二万パスト。

一パストはほぼ一円なので、一カ月で約八十万円というところか。

場所が一区からほど近いこともあって、前の店舗よりも賃料がぐっと高くなるが、手元の資金は十分にある。

王都への道中で狩ったイビルタイガーの売却で得た千五百万パスト、前店舗の営業による収益に加え、先日の新店フェスでもそこそこの収益があったのだ。

酒以外の料理は全部俺のスキルで作っていて、食材の仕入れ値がほぼゼロであることから、使わなければお金は貯まる一方である。

そのため、必要な投資であれば積極的に行っていきたい。

「それじゃあ、始めようか」

二階に上がった俺は、ツキネの力を借りて皆の部屋を準備していく。

「まずは……」

最初に向かうのは、俺とツキネの部屋。

表の通り側に位置した二部屋のうちの一つである。

「ツキネ、頼んだ」

「キュウ♪」

一部屋の広さは以前の部屋と同程度なので、似たような配置でベッドを出してもらう。

「他の家具類も頼む」

「キュウッ♪」

家具一式を揃えてもらった後は、魔法袋から小物類を出していくだけ。

ものの十分足らずで、俺達の部屋が完成した。

「よし、次の部屋に行こう」

それから俺達は、ビアとフルールの部屋もサクッと準備する。

俺とツキネの部屋から見て向かいにあるのがビアの部屋、その隣にあるのがフルールの部屋ということになった。

二人は今まで、同室にある二段ベッドを使っていたから、これでようやく自身の部屋ができるわけだ。

準備自体は先ほどと同じやり方なので、二人の部屋もそれぞれ十分程度で完成する。

間に合わせなので大雑把《おおざっぱ》な点はあるが、ひとまず寝床《ねどこ》は確保できた。

「二段ベッドも楽しかったけど、やっぱり自分の部屋っていいよね！」

「ん。自由な空間」

「はは、喜んでくれて何よりだよ」

「キュウ♪」

自分専用の部屋に喜ぶ二人を見ながら、俺は腕の中のツキネを撫《な》でる。

ビアはもちろん、フルールも珍しく頬を上気させ、興奮気味に口を開いた。

「これでいろんな物を置ける」

「物って……ああ、芸術品か」

「ん！　散らかしても迷惑はかからない」

これまではビアと同室の生活だったので、散らかさないように我慢していたようだ。

「そういえば、初めて会った時も……」

最初にフルールと会った学校の部屋は、様々な美術品で溢《あふ》れていた。

芸術家肌の彼女にとっては、物に囲まれた環境のほうが落ち着くのかもしれない。

こうして話している間にも、魔法袋から美術品を取り出しては、部屋のあちこちに飾っていた。

「さて。部屋も住める状態になったし、そうだな……一時間くらい休んだら店のほうにも行ってみるか」

「うん！　そうしよう！」

「ん。わかった」

「じゃあまた一時間後、リビングで」

そんなわけで、ツキネと共に自室へ戻る。

設置したてのベッドに座り、抱えていたツキネを床に降ろした。

「キュキュ！」

「気に入ったか？　よかった」

俺はそう言いながら、部屋を駆け回るツキネを見る。

家具類は以前とほぼ同じだが、新しい部屋の空気が楽しいのだろう。

ベッドから立ち上がり、窓から表通りを見下ろすと、多くの飲食店がお客さんで賑《にぎ》わっていた。

「さすが区内……窓からの景色もだいぶ違うな」

区外の通りとは一味とは違った、いかにも〝食の街〟という眺めに、なんだかテンションが上がってくる。

本当の意味で王都への挑戦が始まるような、静かな胸の高鳴りだ。

「キュウ！」

「ん？　おやつか。用意するよ」

ひとしきり景色を眺めた俺は、ツキネのおやつを作ったり、ちょっとしたスナックのメニューを作ったりして時間を潰す。

「そろそろかな」

「キュキュ！」

集合時間まで残り五分となったので、皿を片付けて部屋を出る。

リビングに着いたのは俺が最初だったが、すぐにビアとフルールが来て全員が揃う。

「じゃあ行こうか」

「オッケー！」

「ん」

寮を出た俺達は、隣の建物に移動する。

店舗用に契約したのは一階建ての物件だが、床面積は前の店舗の一・五倍以上。

天井も高めの造りなので、全体的にかなり広々とした印象だ。

「今度からここで働くんだね！」

「ん。広くていい感じ」

店内を見回したビアとフルールが、ワクワクした様子で言う。

「そうだな。高さがあるから、前より二、三倍広くなった感じがする」

俺は頷いて言うと、腕に抱いたツキネを見る。

「ツキネ。さっそくなんだけど、前の時みたいに手伝ってもらっていいか？」

「キュウ？」

「店舗の内装作りをしたくてさ。テーブルとか小物類とかをツキネに作ってほしいんだ」

前の店舗では、ツキネの家具を生み出す能力を使って、内装を完成させたのだ。

「キュキュウッ!!」

任せて！　と鳴いたツキネは、元気よく腕から飛び降りる。

店内を観察するように数周した後、足元に来て「キュウ？」と首を傾《かし》げた。

どんな家具類が希望かという質問である。

「そうだなあ……基本的には前回と同じ感じで、ノスタルジック感を出せたらいいなとは思うんだけど……」

前の店舗のコンセプトは、木の素材を生かした懐かしさのあるデザインだった。

外観も素朴《そぼく》な見た目だったので、デザインセンスに欠けた俺でもすぐに方向性を決められた。

かなりいい内装だったと思うし、似たような雰囲気を作れば失敗はなさそうだ。

「前と同じ感じにするの？　外観は結構前と違うけど」

「んー……まあ、それはたしかに」

ビアからの質問に俺は腕を組む。

彼女が言うように、今回の建物は以前と比べてかなりお洒落《しゃれ》だ。

壁は一面が白く塗《ぬ》られ、シックな黒扉には綺麗《きれい》なガラス窓がついている。

ヨーロッパの街並みが似合う外観といえばわかりやすい。

「前と同じコンセプトだと、店内が浮いた感じにならない？」

「それもそうだな……外観と合ったデザインのほうがいいか」

俺はそう言って「うーん」と考え込む。

デザインを変えるのは構わないが、あいにく俺にはデザインセンスがない。

ビア達の意見も聞いてみるかと考えた時、ふとフルールの姿が目に留まる。

「ああ、そういえば。フルールって料理の装飾が得意だけど、内装のデザインとかも得意だったりしないか？」

普段から美術品を集めているため、料理以外に興味がないわけではないだろう。

そういうことであれば、内装に関してのデザインセンスにも期待できる。

「ん。専門は料理だけど、基本的にデザイン全般は好き。学校の授業で料理以外のデザインもやったことがある」

どうやら俺の予想は当たっていたらしい。

フルールはフンスと鼻息を吐き、胸の前で拳を握る。

「なるほど。フルールに考えてもらうのもありだな」

「ん。ぜひ任せてほしい」

「おお、頼もしいな」

フルールも乗り気なようで、珍しく表情がやる気に満ちている。

そんなわけで、内装のデザインは彼女に任せることになった。

俺が希望したコンセプトは、懐かしさとお洒落さの融合。

前店の和《なご》やかな雰囲気を残しつつ、外観にふさわしいシックなテイストも取り入れる方向だ。

「ということで、ツキネ。フルールと協力して内装作りを進めてもらえるか？」

「キュウ？　キュキュッ！」

「ああ、もちろん。油揚げなら後でたくさん作るよ」

「キュキュウッ♪」

ツキネは尻尾を振りながら高い声で鳴く。

そのままフルールの足元へ走ると、彼女の肩にピョンと飛び乗った。

「キュ！」

「ん。よろしく、ツキネ」

ツキネの頭を撫でながら、頬を緩ませるフルール。

普段は表情がわかりづらい彼女も、ツキネと触れ合える機会を嬉しく感じているようだ。

「フルール、内装のデザインは任せた。デザインのイメージが固まったら、ツキネが読み取ってくれるから」

「ん。わかった」

そうしてさっそく、新店舗の内装作りが始まる。

とはいえ、俺とビアは特にやることはなく、フルールとツキネの作業を傍《かたわ》らで眺《なが》めているだけだ。

一応、俺の店なので監修《かんしゅう》役として意見出しはさせてもらうが。

ビアにも従業員の一人として、気になるところがあればぜひ意見するように言ってある。

「――へえ。【デザイン】のスキルって料理以外にも使えるんだな」

「すごく便利だね」

フルールとツキネの作業を見ながら、俺達はそんな声を漏らす。

フルールのイメージを読み取ったツキネが次々とテーブルを生み出しているのだが、それを見たフルールがスキル【デザイン】を使って追加装飾を施《ほどこ》しているのだ。

「てっきり、料理特化のスキルなのかと思ってたよ」

「ん、一般的にはそう。私の場合は少し特殊」

「へえ。どう特殊なんだ？」

俺が尋ねると、フルールは作業をこなしながら器用に答えてくれる。

どうやら、家具類を装飾するには、料理の装飾より多くの魔力が必要らしい。

通常の装飾人だとすぐに魔力が切れてしまい、とても装飾できたものではない。

実際、木材等の加工についてはそれに適した技術系のスキルがあるため、装飾人の仕事というよりは魔道具職人の領分なのだそうだ。

「私の魔力もそんなに多いわけじゃないけど、スキルの操作には自信がある。効率的にスキルを使えばなんとかいける」

「なるほど……すごいな」

無理を通せるその技術力に驚きながら、猛《もう》スピードで進む家具類の設置を眺める。

フルールのイメージ固めが的確で速いため、ツキネが家具を生み出すペースも速い。

「ツキネちゃんもフルールもすごいね……いい感じすぎてほとんど意見することがないや」

「はは……たしかに。おかげですぐに終わりそうだけど」

最初はたまに口を出していた俺とビアだったが、途中からはただの見守り役と化している。

序盤《じょばん》に出した意見も汲《く》み取って作業を進めてくれているので、もはや意見の出しどころがない状態だ。

その後も着々と作業は進み、空が赤らむ頃にはほぼ全ての内装が完成していたのだった。

第二話　ハンバーガー祭り

引っ越し翌日の昼。

俺達は再び店舗用物件に集まっていた。

「うん、改めて見ても言うことなしの出来だな」

「そうだね！　前の店みたいな落ち着く雰囲気も残ってるし、外観にぴったりなお洒落な雰囲気もちゃんとあるよ！」

「よかった」

「キュキュッ!!」

店内を見回しながら、俺達は頷く。

「いやあ……それにしても、もう終わるなんてな」

「作業を始めたの、昨日の午後だもんね」

即断即決の引っ越しと、たった一日での内装完成。

恐るべきペースで新店の準備が進んでいる。

「よし、残るは最後の仕上げだけだな」

内装の出来に満足した俺達は、最後の仕事に入る。

「看板だっけ？　どんな感じにするの？」

「うーん……そうだなぁ」

ビアの言葉に、俺は頭を悩ませる。

新しい店はヨーロッパ風の外観なので、看板もそれに合わせた形にしたい。

前店の時のような木板の看板だと、ちぐはぐで見栄えが悪そうだ。

「ロートアイアン看板とかはどうだろう？」

建物を見ながらふと思いつく。

ロートアイアン看板――ヨーロッパの洒落たレストラン等でよく見られる、小さな金属製の看板だ。

様々なスタイルがあるが、壁から突き出した棒にぶら下がる形のものが多い。

今いる通り自体にヨーロッパ的な雰囲気があるため、まさにぴったりの看板だろう。

周りを見ると他の店でも似たような看板があったので、俺達の店もロートアイアン看板にしようと決める。

「というわけなんだけど、頼めるか？」

「キュウ!!」

ツキネに看板のイメージを伝え、ベース部分を生成してもらう。

店名が入る部分はあえて木製にして、周りの飾り部分が金属製という形だ。

内装と同じく、前店の雰囲気を取り入れるための工夫である。

「フルール」

「ん」

ツキネにベースを生成してもらった後は、フルールの【デザイン】で周りの飾り部分を整えてもらう。

細い金属が模様を描く部分にはデザインセンスが問われるが、さすがは天才装飾人。迷いなくスキルを使用し、美麗な模様に仕上げてくれた。

「助かったよ、フルール」

「ん。店名はどうする？」

「そうだな……」

最後に残ったのは、看板に店名を入れる作業。

ビア達としばらく相談し、俺自らが書き入れることになった。

洒落た雰囲気とマッチするかは不安だが、『グルメの家』の店主は俺だ。

看板にも俺らしさを出すべきであり、俺が書き入れてこその『グルメの家』だとビア達に言われた。

「ほら、やっちゃって！」

「ん、大丈夫。メグルの字には味がある」

「キュキュ！」

皆にそう促された俺は、唾《つば》を呑《の》み込んで一息に店名を書き入れる。

一瞬、洒落た感じの文字にしようかとも思ったが、余計なことはやめておいた。

前店の時と全く同じ、ストレートな俺の字だ。

「完成だ！　こうして見ると手書きも悪くないな」

お洒落なプレートに手書きの文字というのは一見アンバランスだが、そのギャップが逆に味になったような気もする。

「ありがとう。皆のおかげであっという間だったよ」

内装も看板も仕上がったことで、やれる準備はほぼ終わった。

「あとは……そうだな、他に何かやりたいことはあるか？」

皆にそう訊《き》くと、フルールが「ん」と手を上げる。

「新しい食器を買うのはどう？」

「食器？」

「ん……せっかくの新店だから。料理に合わせた食器を買えば、もっとデザイン性が良くなる」

「なるほど、それはたしかに」

フルールの言うように、料理に合わせた食器というのはいいアイディアだ。

今まで使っていた食器類は、大皿・小皿・コップ・グラス等、最低限のシンプルな品のみ。

元々デザイン面には気が回らなかったこともあり、食器のことは頭から抜けていた。

「せっかくフルールが装飾してくれる料理だしな。食器類もいいやつを買っておくか」

「まだ時間も早いし、今から買いに行っちゃう？」

「そうしようか」

ビアの言葉に頷く。

空を見た感じ、日が落ちるまではまだしばらくかかりそうだ。できることは早いうちに済ませてしまうのが吉である。

俺達はそのまま買い物に出かけ、その日のうちに内装・看板・食器類の準備を終えるのだった。


その翌朝。

引っ越しからちょうど丸二日が経った。

本来はまだ店の準備中の予定だったが、想定より早く終わったため、一日たっぷり時間がある。

そこで俺はフルール達への労《ねぎら》いとして、存分に料理を振る舞うことにした。

「フルール、何か食べたい物はあるか？」

ツキネの希望はいつも通りの油揚げなので、ここ二日の功労者であるフルールに料理の希望を訊く。

「ん……繊細《せんさい》な料理もいいけど、たまにはガツンと来るものが欲しい」

「ガツンと来るものか……」

俺はそう呟きながら、フルールの希望に沿った料理を考える。

最初にぱっと思いついたのは、いわゆるジャンクフードの類《たぐい》だ。

「ジャンクフード……そういえばまだハンバーガーは作ってなかったよな？」

「『ハンバーガー』？」

「ああ。前に一度『ハンバーグ』を作ったのは覚えてるか？　簡単に言うと、あれをパンで挟んだ料理だ」

揃って首を傾げるフルールとビアに説明しながら、【味覚創造】を発動する。

【作成済みリスト】には既にハンバーグがあるため、それをベースにするのが楽だろう。

ひとまずはハンバーグ本体を弄《いじ》って、ハンバーガー仕様に調整していく。

「ハンバーガーだし、肉々しい感じにしたいよな……」

緻密《ちみつ》に計算されたハンバーガーも美味《おい》しいが、フルールの要望は〝ガツンと来るもの〟。

どうせなら豪快《ごうかい》でジャンキーなハンバーガーにしたい。

大量の肉の旨味をパティに凝縮《ぎょうしゅく》させ、ワイルドな炭火焼きの風味を追加する。

「あとはバンズと具材だな。レタス、トマト、チーズ、と……」

ジューシーなパティが仕上がった後は、パティ以外の要素を削除し、バンズとその他具材を加えていく。

さらにハンバーガーソースを調整し、全体の味を調《ととの》えたら完成だ。

「……こんなもんかな」

味覚名：ハンバーガー
要素1【パティ】↓タップで調整
要素2【バンズ】↓タップで調整

要素3【レタス】↓タップで調整
要素4【スライストマト】↓タップで調整
要素5【アメリカンチーズ】↓タップで調整
要素6【グリルドオニオン】↓タップで調整
要素7【ハンバーグソース】↓タップで調整
消費魔力：1098
↓タップで【味覚チェック】
↓タップで【味覚の実体化】

「よし、次は……二人とも、もう少し待っててくれ」

涎《よだれ》を垂らさんばかりの様子で待っているフルール達に笑いながら、別のハンバーガーの調整に取り掛かる。

ツキネ専用の『イナリバーガー』だ。

単に山盛りの油揚げを準備するだけでも喜ぶのは間違いないが、ツキネもまたフルールと並ぶ功労者。

感謝の印に特別な料理で喜んでもらいたい。

肉のパティはそのままに、レタス等の具材を香ばしい油揚げに置き換える。

ツキネにとっては油揚げが主役なので、パティにも負けない極厚の油揚げにするつもりだ。

ソースは和風テイストの醤油《しょうゆ》ソース。

バンズは油揚げとの相性を考慮し、通常のものとは別に米のバンズ――いわゆるライスバーガーのバージョンも用意した。

「……完成！　あとは、サイドメニューも欠かせないよな」

二品のハンバーガーは完成したが、忘れてはいけないのがサイドメニュー。

定番のフライドポテト、一本の分厚いピクルスを俺達――人間用に調整する。

ツキネはイナリバーガーなので、いつもよりも少しジャンキー寄りの油揚げをサイド用に調整した。

「ドリンクはやっぱコーラかな」

最後に特製コーラを手早く調整し、全ての料理の準備が終わった。

「すぐに用意するよ」

今か今かと待っている皆を横目に、各料理の実体化ボタンをタップする。

フルール、ビア、俺の皿にはハンバーガーを、ツキネの皿には二種のイナリバーガー（通常版&ライス版）を生成した。

さらにそれぞれのサイドメニューを盛り付け、コップに特製コーラを注ぐ。

「さあ、熱いうちに食べよう。いただきます」

「「いただきます」」

「キュキュ！」

各自の席に着き、皆で手を合わせる。

初めは俺だけが手を合わせていたのだが、いつの間にかビア達も真似《まね》するようになっていた。

「最初はフルールとツキネちゃんからだね」

「そうだな」

俺はビアの言葉に頷き、今回の主役であるフルール達から食べるよう促す。

「ん」

「キュウ♪」

フルールとツキネは嬉しそうに頷くと、それぞれのハンバーガーに勢いよく齧《かぶ》り付いた。

「……っ！　美味しい。すごくジューシー」

「キュキュ!!　キュキュウッ!!」

齧り付くや否や、驚きの表情を見せるフルールとツキネ。

どちらもそれぞれのハンバーガーを気に入ってくれたようだ。

リアクションもそこそこに、すぐに次のひと口に移行する。

「俺達も食べよう」

「うん！」

食欲を刺激《しげき》された俺は、ビアと頷き合って各自のハンバーガーに齧り付く。

「美味しいっ……!! 肉を食べてるって感じがする！」

「ああ、このジャンク感。たまにはこういうのもいいな」

これぞカロリー爆弾と言わんばかりの、健康度外視の旨《うま》みが口に広がる。

ふとした瞬間に思い出して食べたくなるような、悪魔的な魅力《みりょく》がそこにはあった。

「これだよこれ。肉の良さを前面に出して正解だった」

我ながら最高の調整だと頷きながら、二口目を頬張る。

絶妙な弾力のバンズから心地よい小麦の風味が鼻に抜け、極厚のパティから大量の肉汁が溢れ出す。

レタスとスライストマト、グリルドオニオンの風味と食感も抜群だ。

ジャンクな味にフレッシュさと甘みを与え、味のレベルを一段階引き上げている。

「チーズもすごく美味しいね！」

「ん。このしょっぱさがいい」

ビアとフルールが言うように、アメリカンチーズもいい仕事をしていた。

舌の上でとろりと溶けながら、クリーミーさと塩味を加えている。

「このソースも病み付きになる」

「食べたことない味だよね！」

味全体をまとめるハンバーグソースは、サウザンアイランド風のソース。マヨネーズやケチャップ等を混ぜて作る、少し酸味のあるものだ。

肉と各種具材の旨みを適度な酸味が包み込み、豪快に調和させていた。

「くぅ、コーラの炭酸も効くなぁ」

ドリンクの特製コーラもいい仕事をしてくれる。

全体的に味が濃くオイリーなため、強めの炭酸がいいリフレッシュになるのだ。

コーラを飲み、ほのかな甘味が口内に広がった後は、塩気のあるポテトを放り込む。

ポテトの後は再びハンバーガーに齧り付き、単調さを感じた時には付け合わせのピクルスで口直しする。

とにかくジャンクな料理ではあるが、そういったバランス面でも優秀だった。

「ふぅ。ボリュームあったな」

「一個でも結構お腹にたまるね」

ハンバーガーを腹に収めた後、残りのポテトをつまみながらビアと笑う。

「フルールは……まだまだ余裕そうだな」

「ん、もっと食べたい」

キラキラと目を輝かせて言うフルール。

サイドメニューも全て食べ終わり、皿に落ちた具材の一つまで綺麗にしているが、大食いの彼女には物足りなかったようだ。

「キュキュッ！　キュウッッ!!」

「はは、ツキネもまだまだ余裕か」

「キュウ！　キュキュ！」

「ライスバーガーが気に入ったのか」

「キュウッ！」

「わかってる、すぐに作るよ。もちろんフルールの分もな」

俺は苦笑しながらスキルウィンドウを開く。

フルールには二個目のハンバーガーセットを、ツキネには気に入ったらしいライスバーガーセットを用意した。

「ビア、俺達ももう一個食べるか？」

「うーん、食べたいけど……ちょっとさっぱり系のハンバーガーとかってできる？」

「もちろん。俺もそれを食べようかな」

食欲自体はまだあるが、胃の容量的にあと一個が限界だ。

ハンバーガーの具材とソースを弄り、あっさり醤油バージョンに変更する。

量にも少し不安があるので、先ほどの七割程度のサイズで実体化させた。

「……それも美味しそう」

「……キュ」

俺達が醤油バーガーを頬張っていると、あっという間に二皿目を完食したフルールとツキネがぼそりと零《こぼ》す。

「心配しなくたって、いくらでも作るよ」

俺はすぐにフルール用の醤油バーガーを生成し、ツキネ用のあっさりポン酢風イナリバーガーも調整する。

「はい、どうぞ」

「ありがとう」

「キュウ♪」

それぞれのハンバーガーを出すと、さっそく食べはじめるフルール達。

三皿目とは思えない勢いでハンバーガーが減っていく。

「ほんと……どっちもすごいよね」

「はは、まったくだ」

デザートに出したジェラートを食べながら、俺達は二人で苦笑する。

結局その後もフルール達の勢いは止まらず、数時間に及ぶハンバーガー祭りが続くのであった。

第三話　応募者達と書類選考

「キュウ！」

「んー……もうそんな時間か」

「キュキュ！　キュッ!!」

「ん……そうだな。起きないと」

ハンバーガー祭りの翌朝。

ツキネから揺り起こされた俺は、重い瞼《まぶた》を持ち上げて遅めの朝食を作りはじめる。

「うわ、めっちゃ増えてる」

スキルウィンドウを開くと、表示された【作成済みリスト】の件数が、記憶よりも二、三十件ほど多い。

「まあ、あれだけ作ればな……」

昨日はとにかくハンバーガーを作り続け、種類もいろいろなものを作った。

ハンバーガーだけで軽く十種類は超えているし、サイドメニューも数種類追加した。

さらにコーラやその他のジュースなど、ドリンク類もいくつか作ったことを考えれば、リストの数字にも納得がいく。

「少し整理しておくか」

俺はリストの一覧を表示し、見やすいように各項目を移動させる。

以前はリストが増えてもそのままにしていたのだが、次第に散らかり具合が気になってきた。

ある時、なんとかならないのかと試してみたところ、手動で整理できることに気付いたのだ。

SFチックなウィンドウなので、パソコンのファイルを整理するイメージに近い。

「これは肉料理……こっちはデザートのフォルダだな」

バラバラになった料理を各フォルダにサクサク振り分けていく。

フォルダ内にフォルダを作ることも可能なので、『肉料理フォルダ』内の『ハンバーガーフォルダ』のような細かい振り分けも自由自在だ。

元々スキルに備わっていた性能なのか、俺のイメージに呼応した結果か……詳しいことはわからないが、便利な機能であることには違いない。

この仕様に初めて気付いた時は、改めて神様に手を合わせたものだ。

「よし。すっきりしたな」

各ハンバーガーとサイドメニュー、いくつかのドリンク、ついでに少し散らかっていた数個の料理を振り分け、ずいぶんリストが見やすくなった。

「リストの数もだいぶ増えたし、こまめに整理していかないと」

登録された味覚は今や三百件を超えている。

たった数日放置するだけでも収拾がつかなくなるので、都度意識してまとめていく必要があった。

「魔力量も増えたよなぁ」

【作成済みリスト】を閉じた俺は、魔力量を確認しながら呟く。

現在の魔力量は二十万台の半ば。

リストの増え方に負けないペースでぐんぐん数字を伸ばしていた。

これはあくまでも体感だが、魔力の消費効率が良くなるにつれ、魔力量の増加率も上がった気がする。

「スキルが体に馴染《なじ》んできた証拠かな……」

「キュキュッ!!」

「ああ、ごめんごめん。リストの整理とかしててさ」

ぼんやりウィンドウを眺めていると、ツキネにズボンを引っ張られる。

俺がスキルを発動したので、朝食を期待していたようだ。

急ぎでいつもの油揚げを用意し、おまけに分厚い油揚げステーキも生成する。

「ほら、お詫《わ》びの油揚げステーキ。おかわりも作るから好きなだけ食べな」

「キュ!?　キュキュウ!!」

目を輝かせてズボンに頬をすり寄せたツキネは、嬉々として油揚げを食べはじめる。

思えば大量の油揚げも魔力を気にせず作れるようになったものだ。

あれだけ色々作ったハンバーガー祭りの後も魔力には余裕があったし、しみじみとスキルの成長を実感する。

新店舗は以前よりも大きく、客もその分増えるだろうが、この分だと大きな問題はなさそうだ。

これからさらに魔力量が増大すれば、新メニューの開発等、やれることも増えていくだろう。

そう考えると、移転オープンが待ち遠しくなってくる。

「キュウ♪」

「……俺も食べるか」

油揚げステーキにがっつくツキネを見て、俺は再びウィンドウを開く。

今日は料理人ギルドに二つの用事があり、昼頃にでも出かける予定だ。

外を歩くことになるので、しっかりと腹ごしらえしておきたい。

ツキネのおかわり要求の前に作ってしまおうと、急ピッチで朝食を用意した。


それから数時間後、正午を迎える頃に俺は家を出発した。

ギルドでの用事は俺一人でも事足りるので、同行者はツキネだけ。

ビアとフルールには自由に過ごしてくれと伝えている。

ギルドに到着した俺は、まっすぐにカウンターへ向かう。

「すみません、砂糖を持ってきたのですが――」

「ああ、これはこれはメグル様。いつもありがとうございます」

カウンターで声をかけると、顔なじみのギルド嬢《じょう》が対応してくれた。

二つある用事の一つが、定期的に行っている砂糖の売却だ。この世界では砂糖が貴重なのだが、俺のスキルを使えば簡単に作れるので、こうしてギルドに売っている。

ギルド嬢が知り合いだったこともあり、スムーズに買い取ってもらうことができた。

「――ありがとうございます」

代金を受け取った俺は、そのまま別のカウンターへ向かう。

今日の本命は砂糖の件ではなく、もう一つの用事である。

「さあ、どうなってるかな……」

店舗運営関連のカウンターに並んだ俺は、ベルを鳴らしてギルド嬢を呼ぶ。

「こんにちは。本日はどのようなご用件ですか？」

「こんにちは。先日張り紙を出していただいた、従業員募集の件なのですが――」

ギルドカードをトレイに置きながら、ギルド嬢に用件を伝える。

そう、もう一つの目的というのは〝応募状況の確認〟。

実は店の移転が決まった直後に、新従業員の募集をかけていたのだ。

張り紙を出して直接店で募集することも考えたが、ギルドを通すことも可能だと聞き、お言葉に甘えさせてもらった。

ギルドを通した募集方法も多岐《たき》にわたり、学校や王都各所に案内を出せるサービスもあったのだが、俺が利用したのは最もシンプルな掲示板方式。

ギルドの片隅にある従業員募集の掲示板に、募集要項を記した紙を張り出すというものだ。

掲示期間は昨日の夜までとなっていたので、砂糖を売りがてら応募状況を聞きに来たのである。

「――かしこまりました。お調べいたしますね」

ギルド嬢はカードを返却し、慣れた手付きで装置を操作する。

「ええと、応募者は……うわあ」

「どうしたんですか？」

ぴたりと手を止めたギルド嬢に、どうしたのだろうと尋ねる。

「もしかして、全然集まってない感じですか？」

「いえ、むしろ逆と言いますか……かなりの人数が集まったようでして」

「かなりの人数って、もしかして何十人も……？」

募集をかけていた期間はおよそ一週間。

それほど目立つ場所には張っていなかったので、おそらくは数人から十人前後、多くても二、三十人ほどの応募になるだろうと思っていたが……

「いえ、そのですね……」

ギルド嬢は苦笑いを浮かべ、ためらいがちに口を開く。

「ざっと、三百人ほど」

「三百人っ⁉」

「はい……厳密には二百九十一人ですが」

「……まじですか」

応募者はまさかの三百人弱。

予想を遥《はる》かに超えた人数に俺は呆然《ぼうぜん》と立ち尽くす。

「とりあえず履歴書《りれきしょ》を持ってきますね」

ギルド嬢はカウンターの奥に行くと、大量の紙束を抱えて戻ってくる。

「これは……すごいですね」

紙束の厚みはぱっと見で十数センチ。

一枚一枚が厚めであることを考慮《こうりょ》しても恐ろしい分量だ。

「この人数を相手するのは大変でしょうし、ある程度候補者を絞ったらお声がけください。絞られた候補者達に、ギルドから面接の件を伝えます」

「いいんですか？　ありがとうございます」

「ええ。それと、面接場所はどうされますか？　自分の店で行う方もいらっしゃいますが、ギルドの一室を貸し出すことも可能ですよ」

「そうなんですか？」

「ええ、貸し出し料はいただくことになりますが。やってきた応募者の受付はこちらで行うので、候補者が多い場合は楽かと思います」

「そうですね……」

店や家の一階を使うことも考えていたが、応募者が多いと管理が難しい。

それに、トラブルが起きた場合も対応が面倒だ。

ギルドが管理してくれるのであれば任せてしまいたい。

「貸し出しをお願いしてもいいですか？」

「かしこまりました。料金ですが――」

ギルド嬢はそう言って、貸し出し料について説明する。

部屋の大きさにもよるが、平均で一時間あたり五千パストがかかるとのことだ。

お金の面は問題ないので、それで大丈夫だと頷いておく。

「あとは貸し出し可能な日程ですが……最短で四日後になりますね」

「四日後ですか」

「ええ。その次となると………しばらく空きまして、十日後の貸し出しとなります」

「なるほど」

単純に考えれば四日後のほうがいいが、問題となるのは候補者絞りにかかる時間だ。

一旦《いったん》ギルドを通して面接の件を伝えることを考慮すると、明日か明後日までには候補者を絞る必要があるだろう。

「うーん……ギリギリのスケジュールだけど……」

俺はしばらくその場で考え込む。

急ぎ候補者を絞る必要はあるが、オープンを待つお客さん達のためにも、早められる部分は早めたい。

「四日後の貸し出しでお願いします」

「かしこまりました。そうなると、そうですね……明日までに候補者を絞っていただきたいのですが、よろしいですか？」

「はい。なんとか絞ってみます」

そうして四日後の部屋を押さえた俺は、貸し出し料を前払いして料理人ギルドをあとにした。

早足で帰路を急ぎ、従業員寮に帰宅すると、リビングにいたビア達に応募者の件を伝える。

「――三百人⁉」

「めちゃくちゃ集まったみたいでさ。明日までに面接候補者を絞ることになった。さっそくだけど、俺は自室で選考作業をしてくるよ」

目を丸くするビア達にそう言って階段を上ろうとしたところ、「待って！」とビアに引き留められる。

「ボクも選考を手伝うよ。メグル一人じゃ大変でしょ？」

「いいのか？」

「もちろん！　三百人もいれば条件から外れる応募者も多そうだし、そういう人を弾くくらいならボクでもできるから」

ビアが胸を張って言うと、隣のフルールも「ん」と首肯する。

「私もできる範囲なら手伝える」

「ビア、フルール……二人ともありがとう」

二人の厚意に感謝して、リビングで書類選考の準備をする。

リュックから出した履歴書の束をテーブルに置くと、ビアが驚きの声を漏らした。

「三百人分……こうして見るとすごいね」

「びっくりだよな。まさかこんなに集まるなんて」

ギルドの掲示板に募集要項を張ったのは俺だが、場所はあくまでも目立たない一角だった。

大々的に宣伝したわけでもないし、派手なデザインを使ったわけでもない。

店名と軽い概要を載《の》せ、淡々と募集要項を記しただけだ。

「ん。きっとフェスの影響」

「だよなぁ……」

新店フェスで一位の票数を獲り、一位のピルツさんから触れられた記事の影響は、いまだに長い尾を引いている。

もちろん、認知されることは嬉しいのだが、これだけの応募者が集まるとさすがに気圧《けお》されるレベルだ。

思わず苦笑いしながら、履歴書の束を目測で三等分する。

「それじゃあまずは、条件に合わない人がいないかチェックしよう」

「オッケー！　料理人希望の人とかがいたら弾いちゃっていいんだよね？」

「ああ、とにかく数が多いからな。条件から外れる場合は機械的に除外していこう。これと照らし合わせてくれ」

俺はそう言って、テーブルに募集要項の紙を出す。

■募集要項■

仕事内容　：ホールでの給仕・会計
　　　　　　（※料理人は募集しておりません）
応募条件　：週一休みで出勤できること
　　　　　　文字の読み書きに堪能《たんのう》なこと
　　　　　　お金の計算ができること

（※種族・年齢・性別は問いません）

給与　　　　　：面接時に相談

採用予定人数　：二、三名

内容は概ねこんな感じで、かなり大雑把に作ったものだ。

雇いたいのはホール担当なので、料理人は募集していない旨《むね》を但《ただ》し書きで強調している。

「うーん、料理人希望の人も結構いるな……」

手元の束をめくりチェックしていくこと数分。

四、五人に一人は厨房《ちゅうぼう》勤務を希望していて、中には長文でアピールしている人もいた。

熱意はひしひしと伝わってくるのだが、残念ながら面接の対象外だ。

俺のスキル特性上、調理のサポートは不要である。

「あとは、文字が汚すぎる人もなぁ……」

神様のサポートのおかげか異世界の文字は読み書きできるが、だからといってどんな字でも読めるわけではない。

あまりにも崩しすぎた字や、誤字の程度がひどい字等は、日本語のそれと同じように解読するのが難しい。

注文をとる際は注文票にメニューを書き入れてもらうため、残念ながらそのような人達も選考から外していく。

「ビア達はどうだ？」

「ボクのところも結構弾いてるかな」

「ん。二人に一人は弾く」

ビアとフルールが担当する履歴書も概ね俺のものと同じらしい。

厨房で働くことを希望している人、文字の解読が難しい人が多いようで、思ったよりも絞り込めているみたいだ。

それから約十分、作業開始から十五分ほどで、一巡目のチェックが終了。

機械的な除外だけでも、元の二百九十一人から半分以下の百五人まで候補者を減らすことができた。

数だけ見ればまだまだ多いように感じるが、この百五人はあくまで〝最低限の条件を満たした人達〟に過ぎない。

志望動機が一切ない人や、履歴書がスカスカの人もひとまず通過させたので、そういった人達を弾けば一気に数を減らせそうだ。

「びっしり書いてくれている熱心な人もいたからな。スカスカの人達が悪いってわけじゃないんだけど、今回は外させてもらおう」

文字量が少なすぎる人。

応募の動機が希薄《きはく》な人。

これらの人達は除外することに決め、俺達は二巡目のチェックを行う。

結果、さらに十五分ほどで四十二人まで絞り込めた。

「四十二人……だいぶ絞り込めたな」

「まだ少なくはないけど、なんとかなりそうだね！」

「ああ、助かった」

俺はほっと胸を撫で下ろす。

ギルドで応募者数を聞いた時はどうなることかと思ったが、応募者の緩さに助けられた。

もし日本で見るような厳格な履歴書ばかりだったら……そう考えると身震《みぶる》いがする。

それに、一気に楽になったとはいえ、これで安心というわけでもない。

二次チェックを通過した四十二人は、熱意のある長文の応募者がメイン。

先ほどまでの機械的なやり方は通じず、しっかり読み込む必要がある。

そのため、これから先は俺が一枚ずつ目を通し、ビアとフルールには迷った時の相談を頼むことにした。

「暇《ひま》な時間も多いだろうから、何かつまむものを作るよ……何か食べたい物はあるか？」

そう尋ねたところ、ビアはジャーキー等のつまみ類、フルールはパフェを希望したので、それぞれ『おつまみセット』と『特盛パフェ』を生成する。

ツキネにもおやつを作ろうかと思ったのだが、いつの間にか眠っていたのでそっとしておく。

「さてと……頑張って今日中に終わらせるぞ」

四十二枚の書類を前に、気合を入れ直す俺。

ビアに貰《もら》った気付けポーション――いわゆる元の世界で言うエナジードリンクのようなものを呷《あお》り、最後の選考作業を開始する。

最終選考は予想通り難航し、日が暮れた後も長らく続いた。

どうするべきか迷う応募者達も多く、一人残ったリビングで眠くなるまで作業を続けた。

結局選考が終わったのは、日付が変わる直前のこと。

集中力を使い果たした俺は、ベッドに倒れ込んで眠りについたのだった。

第四話　改装と久々の狩り

「――キュウ！」

「ん……朝か」

翌朝、俺はツキネに顔を舐《な》められて起床する。

軽い朝食をとった後、リビングにビアとフルールのためのクッキーを置き、料理人ギルドへと向かう。

絞り込んだ応募者の報告はなるべく早くしたほうがいい。

ギルドに到着し、店舗運営のカウンターへ行くと、昨日と同じギルド嬢が受付をしていた。

彼女に絞り込みが終わった旨を伝え、選定済みの履歴書を渡す。

結局、今回は十一人が選考を通過した。

「かしこまりました。では、こちらの方々に面接の件を伝えておきますね」

「はい、よろしくお願いします」

ギルドから家に戻った俺は、まだ少し眠いため一、二時間の仮眠を取る。

仮眠後、気付けポーションで完全に疲れをとり、店のキッチンへ移動した。

「ツキネ、また一仕事頼んでもいいか？」

「キュウッ！」

仕事というのはキッチンの改装作業。

書類選考中にふと思ったのだが、ホール担当でも厨房に入る機会はある。

生成した料理を受け取ったり、注文を伝えに来たりといった場面だ。

そうなると、スキルの使用場面を見られないような工夫が求められる。

できることなら、厨房の奥に入らずとも料理を受け取れる構造が望ましい。

無論、雇用《こよう》と同時に他言無用の契約魔法を結ぶ手もあるが、言動を縛《しば》る魔法を強制するのも考えものだ。

仮に契約を結ぶにしても、新従業員としっかり相談の上、彼らが希望した場合に限りたい。

それに実は、これまでに一度、厨房を覗《のぞ》きに人がやってくるというトラブルが発生している。

その際はツキネが止めて事なきを得たが、そうしたリスクを避《さ》ける意味でも改装の意義は十分にあった。

「どうするのがベストかな……」

思いつく方法の一つは、厨房の壁に穴を作るというもの。

厨房とホールを結び、注文票や料理の受け渡しをする穴だ。

単純な方法ではあるが、穴の位置を工夫すれば調理姿を見られずに済む。

「ただ、なんとなく疎外感《そがいかん》がな……」

やむを得ない理由があるとはいえ、穴を通した事務的なやり取りは従業員に疎外感を与えかねない。

また、一時に注文が殺到した場合、穴で料理の渋滞《じゅうたい》が起きる恐れもある。

「ツキネは何か思いつかないか？」

「キュウ？　キュ……」

ツキネは考え込む様子を見せた後、何かを閃《ひらめ》いたように顔を上げる。

「キュウ！　キュキュウ！　キュキュッキュ!!」

「おお！　そんなこともできるのか？」

ツキネが提案してくれたのは、〝認識阻害結界〟の利用。

俺の周りに結界を張っておくことで、結界の外から中の様子を認識できなくなるらしい。

原理はいまいちわからないが、聞いた感じだと幻術《げんじゅつ》の一種のようである。

「キュッ！　キュキュ！」

「なるほど！　それなら完璧だな」

ツキネのプランは次の通りだ。

まず、認識阻害結界をキッチンの中心部——普段スキルを使うエリアに張る。

これだけでも概ね問題はないが、さらにもう一工夫。

認識阻害結界の少し外側に、立ち入り防止の結界を張っておく。

こちらの結界は以前の店の居住エリアでも使っていたもので、ツキネが許可した者以外を通さない効果がある。

この方法を使って料理等の受け渡しを結界外で行えば、安全にリスクを回避できる。

「キュキュ！」

「はは、さすがツキネだな」

ドヤ顔のツキネを撫で回し、さっそく結界を張ってもらう。一度張れば、永続的に効果があるらしいので安心だ。

さらに、料理等の受け渡しを楽にするため新しい台も作ってもらった。

注文票用、料理用、下げた食器用の三台に分け、厨房の入り口付近に設置する。

こうして、厨房の改装は一瞬で完了するのだった。


その翌日。

俺はツキネを連れて、久々の狩りに出ることにした。

面接までは特にやることもないし、ツキネのストレス発散と個人的な息抜きを兼ねている。

狩りの話をするとビアとフルールもぜひ行きたいと言ったので、約二カ月前の新店フェスの準備で狩りをした時と同じフルメンバーだ。

どうせならクエストを受注しようと冒険者ギルドに立ち寄り、ビアのギルドカードで依頼を受ける。

クエスト内容は、ロックベアと呼ばれるDランクの魔物の討伐。

全身を硬い岩に覆《おお》われた熊型の魔物で、その頑丈《がんじょう》さが厄介とのことだったが――我らがツキネの前では意味がない。

「キュウ！」

「ギャウンッ……！」

対峙《たいじ》から数秒後には勝負が決し、クエストはあっさり達成された。

「さすがツキネちゃんだね！」

「ん。Sランク冒険者級」

「キュウ♪」

得意気なツキネのかわいらしさに頬を緩ませた俺達は、開《ひら》けた場所で昼食をとる。

メニューは前回の狩りで作ったカツサンドと、シンプルな玉子のサンドイッチ。青空の下で食べるサンドイッチは、どうしてこんなにも美味《うま》いのか。

室内で食べる時とは一味違った魅力がある。

「そういえばさ。サンドイッチってこの前食べたハンバーガーに似てるよね！」

「ん。言われてみれば似てる」

「ハンバーガーはサンドイッチの一種だからな。パンの間に具材を挟んだり、上に乗せたりした物を総称してサンドイッチと呼ぶんだよ。手に持って食べられるから、こうして外で食べるのにぴったりだよな」

食べ歩きで培《つちか》った蘊蓄《うんちく》を披露しながら、俺はサンドイッチを頬張る。

和やかな昼食を終えた俺達は、来た道をゆっくり戻りはじめた。

「キュウ」

「はは、楽しかったか？」

「キュ……」

久々にはしゃいで疲れたのだろう。

満足気に小さく鳴くと、腕の中で寝息を立てはじめるツキネ。

ビア達も楽しんでくれたようだし、有意義な休養になったと思う。

そんな息抜きの一日が終わり、のんびりと翌日を過ごした後——ついに面接日がやってきた。

第五話　面接

料理人ギルドに到着したのは、面接開始時刻の三十分前だった。

今回の面接は、ビア、フルールも参加するので、彼女達にも来てもらっている。

受付で用件を話すと、「用意ができております」と二階に案内された。

「声をかけた人達はどうでしたか？　何人くらい来そうですかね」

階段を上りながら、ギルド嬢に質問する。

十一人もいたので辞退者が出てもおかしくはないと思っていたのだが、全員が参加するとのことだ。

「一応こちらが面接順のリストとなります。多少前後する可能性もありますが、参考になさってください」

「わざわざありがとうございます」

候補者のリストと履歴書を受け取った俺達は、面接用の部屋に入る。

前世の面接でよく見た堅苦しい雰囲気の部屋ではなく、ティータイム等で使用する優雅な空間という感じだ。

テーブルを挟んで対《つい》に置かれたソファーがあったため、入り口を向く形で座って時間を潰す。

「どんな人達が来るのかなぁ？」

「良い人に来てほしい」

「紙面上だけじゃわからない部分も多いからな」

持参したコップに生成したお茶を飲みながら、ビアとフルールの言葉に答える。

履歴書には文字の情報しか載っておらず、当然候補者の顔や雰囲気はわからない。

書類上では皆良さそうな感じなので、あとは実際に話してみてどう感じるか。

どんな人に来てほしいか、書類で一番良いのは誰か等、雑談しながら待つこと約三十分、入り口のドアがノックされる。

「おっ、来たな。どうぞ！」

「失礼します」

俺の呼びかけで入ってきたのは、角《つの》の生えた長身の男性。

手元の履歴書によると、鬼人《きじん》という種族のようだ。

ここはいわゆるファンタジー世界のため、多種多様な種族が存在する。

今日の面接で来るのもほぼ全員別々の種族だった。

一人あたりの面接時間は十分程度と短いため、俺を中心に志望動機等を訊いていく。

「――ありがとうございました。結果はギルドを通して後日伝えます」

鬼人族の男性を見送り、「ふぅ」と息を吐き出す俺。

人事の仕事は初めての経験なので、なんだか変な気持ちになる。

あんな感じでよかったのかな？

前世で覚えていた日本スタイルで面接をしたが、問題はなかっただろうか？

心配が胸をよぎるのも束の間、間髪《かんはつ》容れずに二人目のノックが聞こえる。

「次は……順番通りなら魚人族の女性か」

二人目の面接も一人目と同じ形で終え、三人目のドワーフの男性、四人目の竜人の男性……と面接を進めていく。

「えーと、次は……どうぞ！」

忙《せわ》しなくメモをとっては次の人を呼び、何度も面接を繰り返す。

そうして相手を見極め続けること約二時間。

ようやく最後――十一人目の面接が終わる。

「失礼します」

十一人目の男性が退室し、ドアがパタリと閉まるのを見て、俺は大きく伸びをする。

「はぁー……終わったぁ。やっぱ慣れないことは疲れるな」

「そう？　少し堅さはあったけど、ちゃんと様《さま》になってたよ？」

「ん。ちゃんとしすぎてるくらいだった」

「……それって褒《ほ》めてるのか？」

「キュウ！」

フルールの言葉に苦笑していると、肩に乗っていたツキネが降りてくる。

よくやっていたと励《はげ》ましてくれているようだ。

「やっぱ堅すぎたかな？」

「うーん、どうだろう……あんな感じの面接もあるんじゃない？」

「ん。店によって全然違う」

フルールが頷きながら言う。

彼女はスカウトを何度も受けていたので、店側の雰囲気にも詳しいのだろう。

「まあそれなら大丈夫か。ところで、二人は全員を見てどう思った？　俺の中では一応、この二人かなっていうのがあるんだけど……」

「あ、メグルも？　ボクも良いなって思う二人がいたんだ」

「奇遇《きぐう》。私も同じ」

致した。

どうやらビア達も俺と同じく、二人の応募者に好印象を持ったらしい。

これはもしかして……と思いながら、その二人の応募者を尋ねたところ、見事に俺達の意見が一致した。

「本当か？　それって……」

満場一致で選ばれたのは、猫耳を生やした獣人の姉弟《きょうだい》。

非常に仲の良い姉弟で、面接の際も二人一緒だった。

まず一人目——姉の名前はカフィ。

紫《むらさき》がかったブロンドのポニーテールに、ピンと猫耳を立てた十七歳の女の子だ。

テキパキとした性格だと自称しており、その話しぶりからも仕事ができそうな感じがした。

そして二人目——弟の名前はラテ。

姉と同じ髪色のくせ毛に、ぴょこんと折れた猫耳を生やした十五歳の男の子だ。

姉とは違った物静かな雰囲気があり、真面目な性格であることが窺《うかが》えた。

姉のカフィと弟のラテ——俺達がカフェラテ姉弟と呼んだ二人は、子供の頃から祖父母のレストランで給仕の仕事をしていたという。

しかし祖父母の高齢化によりレストランは先月に閉店、働き口を探していたところ、タイミングよく『グルメの家』の求人を見つけたらしい。

「まさにっ！　奇跡の求人だと思いました!!」

「僕達は二人とも、『グルメの家』の大ファンだったんです」

志望動機を語る際、姉弟は興奮を滲《にじ》ませながらそう言った。

二人が俺の店を知ったきっかけは、先日の新店フェスだという。

「今期はレベルが高い」と噂《うわさ》のフェスに興味を持ち、九つ星のピルツさんら高ランク料理人の店を目的に来ていた二人は、『グルメの家』の行列が気になり興味本位で並んだそうだ。

「ほんとにびっくりするくらい並んでて！　『何の店だろう？』ってラテと言ってたんです。でも！あの『カレーライス』を食べて！　あの大行列にも納得しました！」

「他の人達の料理も美味しかったのですが、メグルさんの料理は一線を画していました。こんな料理があったのかと衝撃を受けました」

俺達が出したカレーライスの味に姉弟は感動。

一瞬で店のファンになり、フェスが終わった後も一度来店したのだという。

その時に食べた『ビーフシチュー』と『チキン南蛮《なんばん》』がいかに素晴らしい料理だったか、面接時間の半分を使って熱弁された。

そんな背景もあり、今回の求人を見つけたことは姉弟曰《いわ》く『神様が差し伸べた手』なのだとか。

あまりの熱意に気圧《けお》されるところはあるものの、思いの強さは応募者の中でも突出しているように感じた。

事実、履歴書の段階で一番文字量が多かったのも、このカフェラテ姉弟だった。

「あれだけ熱弁されちゃったらね」

「ん。一番熱がこもってた」

「だよな。二人ともいい子だったたし、ホールの経験が長いのも頼りになる。仲の良さそうな姉弟だから、連携《れんけい》も取りやすいだろうしな」

熱意、性格、経験、連携——これらの要素だけでも採用は決まったようなものだったが、もう一つ決め手となった要素がある。

「ツキネもあの二人が気に入ったんだよな？」

「キュウ♪」

それは、応募者達の視線を釘付《くぎづ》けにした第四の面接官、ツキネとの相性だ。

店のマスコットであるツキネはホールにいる時間が多いため、新しく入る従業員と関わる機会も多くなる。

そのため、ツキネにも応募者の印象を尋ねたのだが、俺達と同じくカフェラテ姉弟が一番良かったとのことだ。

ツキネのお墨付《すみつ》きをもらったことで、二人の採用はより確実なものとなった。

「それじゃ、受付で結果を報告しようか」

面接が少し長引いたので、そろそろ部屋の貸し出しが終わる。

部屋をあとにした俺達は、一階のカウンターへ向かった。

本来の予定では家に戻って協議の時間を設けるつもりだったのだが、すぐに結果が出たのでそのまま報告する。

「——ということで、この二人に決めました」

「カフィさんとラテさんですね。今日明日には採用通知の伝書鳩《でんしょばと》を飛ばしておきます。手紙が届いたらそちらへ行くようお伝えしてよろしいですか？」

「はい。ありがとうございます」

寮の住所番号を伝え、ギルドの外に出る。

「あの姉弟、いつ来るかなぁ。楽しみだね！」

「ん。開店は間近」

「キュキュ！」

「そうだな」

俺達はカフェラテ姉弟、これから仲間になる二人のことを話しながら歩く。

そして、二人の採用が決まったことで、移転オープンの準備も終わるのだった。

カフェラテ姉弟が従業員寮を訪ねてきたのは、それから二日後のことだ。

昼食を終えてビア達と談笑している時、玄関のドアに取り付けていたドアノッカーの音が鳴った。

「お、来たかな？　……はいはーい」

そう言ってドアを開けに行くと、緊張した面持《おもも》ちの姉弟が立っていた。

「こ、この度はご採用いただき、ありがとうございます！」

「ま、まさか『グルメの家』で働けることになるなんて……光栄です‼」

「はは、そんなに緊張しなくて大丈夫だよ」

「キュ！　キュキュ！」

姉弟の様子に笑っていると、ツキネが俺の肩からカフィの肩、ラテの肩へと飛び移り、挨拶するように前脚を上げた。

そんなツキネに癒《いや》されたのか、明らかに硬かった二人の表情が和《やわ》らぐ。

さすがはウチのマスコットだ。

「さあ、中に入って」

「「はい！」」

姉弟をリビングに通した俺は、ビアとフルールも交えて改めて仕事内容の話をする。

二人にやってもらいたい仕事は主に三つ。

注文取り、料理の運搬《うんぱん》、食後の会計だ。

会計については別途で雇うプランもあったが、この世界ではテーブルで会計を済ませる店も多く、その形式に慣れていると言った姉弟に任せることにした。

「――って感じで、基本的には面接の時に伝えた内容と同じかな。特に問題はないか？」

「「はい、大丈夫です」」

「了解。そしたら……」

仕事内容を確認した後は、給料の話に移行する。

こちらも面接時に伝えていたので、スムーズに話は進んだ。

「あとは、そうそう。これはまだ言ってなかったけど、ウチの店には寮があるんだ」

「「寮ですか？」」

「ああ。この家がそうなんだけど、まだ部屋に余裕があってさ。月あたり二万五千パストの寮費はかかるけど、店の隣だから通勤は楽だよ。どうする？」

「「そうですね……」」

声を揃えた姉弟は、顔を見合わせて相談する。

しばらくすると互いに頷き、弟のラテが口を開いた。

「うちから歩くと三十分以上かかりますし、とても魅力的な提案なのですが、やはりもったいない気がしまして……」

「まあ、そうだよな」

自宅から通勤可能なのであれば、わざわざお金を払って寮に入るメリットは薄い。

俺としても一応訊いてみただけだったので、寮の話を終えようとしたところ、フルールがおもむろに口を開いた。

「寮に入れれば料理が食べられる」

「「料理ですか……？」」

「ん。店のメニューには載ってない、メグルのオリジナル料理」

「えっ!?」

「オリジナル料理!?」

フルールの言葉に反応し、俺のほうを見てくるカフィとラテ。

その視線には期待の色が含まれている。

「「本当なんですか？」」

「ま、まあ……深くは考えてなかったけど……このリビングもあるし、朝と夜の食事は俺が皆の分を作るよ」

声を揃える二人に気圧《けお》されつつ頷くと、ずいっと身を乗り出してくる。

「入ります！　私、寮に入ります！」

「僕も、ぜひ入らせてください！」

「え……？　いや、いいんだけど……即決して大丈夫？」

「「もちろんです!!」」

姉弟の声が綺麗にシンクロする。

「わかった。それじゃあ、寮の部屋を見てもらおうかな」

現在の空き部屋は二階に一つと一階に三つ。

姉弟は別々の部屋を希望したので、一階の空き部屋に案内する。

まだ何も手をつけていない、まっさらな状態の部屋だ。

「家具類についてはどうする？　運搬が面倒ならこっちで用意するよ。ベッドとか棚とか、最低限必要な家具は無料でサービスできるから」

「無料って、いいんですか⁉」

「そ、それはさすがに……」

俺の説明に姉弟は驚いた様子で言う。

「はは、気にしなくていいよ。家具にはちょっとした伝手《つて》があるんだ」

「キュウ♪」

肩に乗るツキネを撫でながら俺は笑う。

「伝手……？」

「いいんですか？」

「ああ。だからこっちの負担は気にしなくていい。家具に関する希望があれば遠慮なく言ってくれ」

「わかりました！」

「ありがとうございます！」

頭を下げる姉弟を連れてリビングに戻った後、寮費の徴収《ちょうしゅう》方法を相談し、正式な雇用契約を結んでいく。

二人にも準備があることを勘案した結果、雇用開始日は五日後となった。

入寮の日取りもそれに合わせる形となる。

「じゃあまたな。カフィ、ラテ」

「はい！　また今度！」

「ありがとうございました！」

俺達と握手《あくしゅ》を交わした姉弟は、仲良く並んで帰っていく。

その足取りは非常に軽快で、二人の気持ちを表しているようだった。


それからの四日間、俺達は移転オープンに向けての最終準備を行った。

まずはツキネに協力してもらい、カフェラテ姉弟の部屋を準備する。

準備と言ってもベッド等の家具類を配置するだけなので、数分もかからずに終わった。

次に俺とツキネは、一階に余ったもう一つの部屋も改装。

壁に沿う形で簡易的なキッチン台を作り、食事を用意するための部屋にする。

これまではリビングでスキルを使っていたが、今後はこの部屋でスキルを使っていく。

姉弟にスキル内容を知られるリスクをなるべく減らすためだ。

雇用契約を結ぶ際、スキルに関する契約魔法の話も伝えていたが、当面は魔法で縛らず、スキルを秘匿《ひとく》することにしていた。

店の厨房にはツキネの結界があり、無理に契約魔法を結ぶ必要がないことと、「スキルは秘匿したほうがいい」という姉弟からの提案を受けてのことだ。

貴重なスキルやレシピを秘匿する文化はやはり王都で根強いらしく、打ち明けるにしても信用を得た後のほうがいいと二人は言った。

俺も当人達の考えを尊重したいと思ったので、対策のためのキッチン部屋を作ったわけだ。

また、これからは五人＋一匹で食事をとるため、リビングのテーブルも新調。

姉弟受け入れの準備が整った後は、店の内装を微調整したり、新メニューの素案を考えたりしてオープンに備える。

また、グラノールさん――転生初日に馬車で拾ってくれた恩人であり、トップ層のレストラン『美食の旅』のオーナーから移転前の食事会に誘われたので、それに参加したりもした。

そんな穏やかな四日間を過ごした後――

「キュウ！」

「ああ、いよいよだな」

移転オープン当日がやってきた。

第六話　姉弟の能力

オープン当日の朝。

寮にやってきたカフェラテ姉弟と一緒に朝食をとった俺達は、隣接した店に移動して開店前の最終確認を行う。

「何か困った事があったら言ってね！　ボクが手伝いに行くから」

「はい、ありがとうございます！」

「迷惑をかけないよう努めます」

得意気に胸を張るビアに、頭を下げるカフェラテ姉弟。

カフィはやる気を漲《みなぎ》らせるように尻尾を立て、ラテは緊張の面持ちで尻尾を小刻みに振っている。

「初日はここの雰囲気を掴《つか》んでもらえればいいから、気張らずにのびのびやってくれ。初めて見るメニューばかりだろうし、慣れるまで時間がかかっても仕方ない」

「キュキュ！」

「「ありがとうございます！」」

「ああ、よろしくな」

ホールで姉弟と別れた俺は、真新しい厨房に向かった。

ツキネを床に降ろした後、種類の増えた食器類のチェックを始める。

「さて、どれだけのお客さんが来てくれるか……」

区外にあった『グルメの家』を閉店してから、半月と少しが経っている。

想定より早くオープンに漕《こ》ぎつけたとはいえ、無視できるブランクではない。

以前の店とは場所もずいぶん離れているし、何人のお客さんが来てくれるのか。

移転の告知についても、大々的な宣伝をしたわけではなかった。

開店の報告でギルドを訪れた際、小さな張り紙を出してもらい、店の前に開店を告知する立て看板を出しただけだ。

地球のようなＳＮＳは存在しないため、お客さんに開店の情報が届かず、スカスカになる可能性もなくはない。

「まあ、それはそれでリハビリになるからいいのかな」

そう呟いて苦笑する俺だったが、すぐに王都民の情報収集能力を思い知ることになる。


それは開店十分前のこと。

一人のお客さんが来たのをきっかけに、次々と人が並んでいく。開店時には十数人の行列となっていて、最初から半数以上の席が埋まったのだ。

「すごいな……」

注文の品を生成しながら思わず呟く。

開店後もお客さんは増え続け、三十分もする頃には満席になっていた。

一通りの注文をこなしてホールの様子を見に行くと、夢中で食べるお客さん達の姿がある。

「ああ、これだよこれ！　美味い‼」

「開店日に並べて良かったぁ！」

「思い出すなぁ、この絶妙な味！」

お客さんの中には見覚えのある人達も多い。移転オープンの日を待ち望みにしてくれていたのだろう。

幸せそうな表情を見て嬉しく感じるのと同時に、その耳の早さに驚かされる。

「よく考えたら、従業員募集でもびっくりするくらい来たもんな……」

ギルドの掲示板チェックはもちろん、友人や知人を通して情報を集めているのかもしれない。

こと食に関する情報の拡散スピードは、地球のそれにも対抗できそうだ。

俺はすぐに厨房に戻り、ひっきりなしに飛んでくる注文に対応する。

「フルール、装飾頼む」

「ん」

「その装飾が終わったらすぐに次ができるから続けて頼む」

「ん……メグル、笑ってる？」

「はは。なんていうか、戻ってきたなと思ってさ」

わずか半月ぶりだというのに、この慌ただしい活気が懐かしい。

俺もすっかり馴染んだものだと感じながら、次の注文に取り掛かった。


「二人とも大丈夫だろうか……」

開店から約一時間が経った頃、俺はだんだんと不安になってきていた。

姉弟は先ほどから入れ替わり立ち替わり注文を取り、常に忙しなく料理を運んでいる。

正直、初日からこれほど満席状態が続くとは思っておらず、二人にかかる負担はもっと軽いものを想定していたのだ。

ただでさえ慣れないメニューに苦戦しそうなものなのに、この状況は少し酷《こく》ではないか。

何度か大丈夫かとは尋ねているが、姉弟は「問題ありません！」と言うばかり。

もしかしたら無理をしている可能性もある。

ソムリエ担当のビアには悪いが、当面の間ヘルプに入ってもらうべきか……

そう考えはじめた時、カクテルの説明に出ていたビアが厨房に戻ってくる。

「ああ、ビア。カフィ達なんだけど、仕事は大丈夫そうか？　もし大変そうな感じなら……」

「二人ともすごいよ！」

ヘルプを頼もうとすると、食い気味に答えるビア。

「初日とは思えないほど完璧な動きだし、開店前に先輩風吹かせてたのが恥ずかしくなっちゃった」

「そんなにか？　てっきり苦労してるかと思ってたんだけど」

「うん、ボクも最初はそう思ってね。手伝うべきか見てたんだけど……全くの杞憂《きゆう》だったみたい。メグルも手が空いたら二人の様子を見に行ってみなよ」

「そうだな、見てみるか」

ビアの手際もかなりのものだと思うのだが、その彼女にここまで言わせるとは。

姉弟の仕事ぶりが気になったので、溜《た》まった食器を片付けたタイミングでビアと一緒に厨房を出る。

「――これは……たしかに……」

「完璧でしょ？」

「完璧だな」

ホールに出た俺が見たのは、文句のつけようがない連携。

ちょうど会計を希望するお客さんと注文希望のお客さんがいたが、姉弟は一瞬視線を交わしただけで別々の方向に動き出す。

姉のカフィが注文を取る間、さっと会計を済ませた弟のラテは、退店する男性客を見送って次の

女性客を案内する。

その女性客が入店する頃には、食後の皿を持ったカフィが素早くテーブルを磨き上げ、俺のところへとやってきた。

「店長！　注文票と下げた皿置いておきますね！」

「あ、ああ……ありがとう」

手際の良さに驚きながら再びラテのほうを見ると、いつの間にか持っていたピッチャーで各テーブルのコップに水を注いでいる。

すぐに先ほどの女性客が注文を決めて手を挙げたが、俺のもとを去ったカフィがベストタイミングでテーブルに行く。

同時に、水を注ぎ終えたラテが別のテーブルで会計を始めた。

ちょうど複数の注文と会計が重なるピークの時間帯にもかかわらず、二人のスムーズな連携がそれを感じさせない。

欠けたパズルのピースを埋め合うように互いの動きを補うことで、少しの無駄《むだ》もなくホールの仕事をこなしている。

むしろ余力を残しているようにさえ見え、ビアの言葉に心底納得した。

「……って、戻らなくちゃな」

思わず見惚《みと》れていた俺は厨房に戻り、渡された注文票を確認した。

あの動きの中で書いたとは思えない、非常に綺麗で読みやすい字だ。

「あの姉弟、只者《ただもの》じゃないぞ……」

その後も二人の快調な仕事ぶりは続き、営業終了の時間となる。

最後のお客さんが退店するまで、ただの一つのトラブルも遅滞《ちたい》も起こらなかった。

「――皆、お疲れ様。特にカフィとラテは、初日からものすごい働きぶりだったな」

「「ありがとうございます！」」

姉弟は声を揃えて笑みを浮かべる。

「お役に立てて嬉しいです！」

「明日からも頑張ります！」

「はは、心強いな。想像よりもお客さんが来て心配したけど、惚《ほ》れ惚《ぼ》れする連携だったよ。二人がこの店に来てくれて本当に助かる」

「うん！　まるでお互いの気持ちがわかってるみたいだったよね！」

興奮気味にビアが言うと、「ああ、それは……」ラテが答える。

「僕達には【テレパシー】というスキルがあるんです」

「それのおかげでお互いの考えが手に取るようにわかります」

姉弟は交互に言うと、スキル【テレパシー】について詳しく説明してくれる。

【テレパシー】の能力は、言葉を聞いてイメージできる内容と概ね同じ。

言葉を発さずとも相手の思考がはっきりわかり、感覚的に連携が取れるスキルらしい。

二人とも元々は何のスキルも持っていなかったそうだが、祖父母の店を手伝ううちに【テレパシー】が発現したそうだ。

状況特化型の後天的なスキルであり、接客の際に最も強い効果を発揮《はっき》するのだという。

「へえ、後天的なスキルか。よくあることなのか？」

「いや、かなり珍しいよ。相当な修練が必要だし、そもそも適性がないと獲得できないんじゃなかったかな」

「ん。持ってる人は初めて見た」

俺の疑問にビアとフルールが答える。

二人の話によれば、後天性スキルの発現確率は〇・一パーセントにも満たないようだ。

獣人族は比較的スキルを獲得しやすい種族らしいが、それでも滅多にないという話だった。

カフィとラテも「運が良かったです」と頷いていたので、本当にレアなケースなのだろう。

「キュウ♪」

「——いやぁ。ほんと、この上ない人選だったよな」

店じまいを終え、夕食の準備のため寮のキッチンに入った俺は、ツキネを撫でながら呟く。

『働きたい！』という熱意を買って採用したので、細かい能力面までは知り得なかったが、後々聞くと能力の高さが良くわかる。

後天性スキルのすごさはもちろん、猫獣人特有の柔軟性《じゅうなんせい》と敏捷性《びんしょうせい》。

耳も非常に良いので、遠くで呼ぶ声を瞬時に察知し、風の如《ごと》く店内を移動する。

また、ビアから少し聞いただけのメニューを完璧に理解し、淀《よど》みなく説明できる能力も素晴らしい。

本人達曰く『経験の賜物《たまもの》』ということだが、経験を積んだという祖父母の店もよく聞けば一等地の人気店だったようだ。

二フロアにまたがる店内は常連で満席、メニュー数も非常に多く、季節毎の入れ替わりも激しかったのだとか。

そんな環境で幼い頃から働き、問題なく対応できていたと思えば、あの仕事ぶりにも納得がいく。

「面接でもう少し聞くべきだったという反省はあるけど……」

「キュウ……」

結果として最高の仲間が増えたのだから、面接のことは気にしないようにしよう。

【味覚創造】を発動した俺は、百人力の姉弟を豪華な料理で歓迎しようと、気合を入れて調整を始めるのだった。

第七話　様々な変化

頼もしいカフェラテ姉弟が働きはじめて早三日。

初日からずっと満席の状態が続いているが、二人のおかげで店は滞《とどこお》りなく回っていた。

「ラテ君、六番テーブルのカクテル置いとくね！」

「了解です」

ビアが料理用の台にグラスを置いて、俺の隣に戻ってくる。

前店の時はほとんどホールに出ていた彼女だが、姉弟がその役割を担うことで厨房にいる時間が増えた。

「うーん……どのお酒がいいかなぁ」

「注文が多いけど大丈夫そうか？」

注文票と睨《にら》めっこして考え込むビアに声をかける。

「全然問題ないよ！　むしろ考えるのが楽しいくらい」

「はは、そうか」

握り拳を作るビアに笑い、料理の生成に戻る俺。

あくまでも体感だが、前の店舗の三倍は酒が出ているだろうか。

まだまだ余力を残すカフェラテ姉弟に、「可能なら酒もすすめてみてくれ」と頼んだ結果だ。

立地柄、前の店よりも富裕層のお客さんが増え、比較的酒が出やすいものの、それ以降ぐっと注文が増えたのはさすがの手腕である。

ビアの負担が増えるのは気になったが、やりがいを感じてくれているようで何よりだ。

彼女が喜ぶと厨房の空気も明るくなるので、俺にとっても喜ばしい。

そのような良い変化が見られた『グルメの家』であるが、他にも何点か以前と変わった部分がある。

まず一つ目が食器類の工夫だ。

先日、フルールの案を取り入れて食器の種類を増やしたが、思った以上に料理の印象が変わっていた。

単に皿を変えるだけでも印象は変化するが、フルールの装飾も皿に合わせて変えられているため、全体的なデザイン性が一気に増したのだ。

この変更はお客さん達からも好評で、昨日来てくれた以前からの常連第一号、コーンさんも「良くなったね！」と褒めてくれた。

移転二日目にして来店してくれたコーンさんには驚いたが、友人伝いに開店の情報を聞きつけたらしい。

以前よりも職場から近いので今後は気軽に来られると、嬉しそうに笑って言っていた。

どうやら今の立地は王都有数の居住エリアから近いらしく、彼のように「来やすくなった」と喜ぶお客さんはかなり多い。

特に意図しての結果ではないが、店へのアクセス性が向上したことも良い変化の一つと言える。

「「ありがとうございました！」」

「またのご来店をお待ちしております！」

「キュキュウッ！」

本日最後のお客さん――前の店でも何度か見かけた犬耳の女性を、姉弟達と一緒に見送る。

彼女もアクセス性向上の恩恵を受けた一人で、週に一度は通う予定だと笑っていた。

入り口の掛札を『ＣＬＯＳＥＤ』に変えた俺は、食器類の片付けのため厨房へ向かう。

「――店長！　集計終わりました！」

「おお、早いな」

厨房の片付けが終わる頃、布袋を持ったカフィ達が厨房に入ってきた。

店内の清掃は必要ない――ツキネが一瞬で済ませてくれる――ため、代わりに売上の集計を姉弟に任せているのだ。

「売上はどうだった？」

「ええとですね、合計で――」

セットやカクテルを頼むお客さんが多かったからか、昨日よりも額が大きい。

「おお！　そんなにいったのか？」

移転前の平均水準からすると、おそらく二倍以上はある。

これは店のキャパシティが増えたことと、移転に際しての大きな変更点の一つ——価格改定によるものだ。

実は先日、グラノールさん達と食事した際、メニューの価格を三割から五割上げるようアドバイスされていた。

彼ら曰く、『グルメの家』のメニューはクオリティに対する価格が低すぎるとのこと。

仕入れ代がほぼゼロの俺としてはそのままで構わないのだが、区外に店があった以前とは状況が違う。

移転後の店舗があるのは二区、それも一区寄りの好立地なので、据え置き価格ではあまりにもコスパが良すぎる。

価値に見合わない料金設定は、他店の反感を買ってしまう。

一応ギルドでも訊くといいと言われ、平均的なメニュー価格を尋ねに行ったところ、やはり同じような話を聞かされた。

そんなわけで常連の方々には申し訳ないが、近隣店舗との軋轢《あつれき》を避けるためにも価格改定を行ったのだ。

「今度また預けに行こうかな……」

店を閉めて自室に帰った俺は、引き出しの中の魔法袋に本日分の硬貨を入れる。

家賃の上昇や姉弟の賃金等、ある程度支出は増えているが、それをものともしない増収だ。

砂糖の売却金も定期的に入ってくるし、魔法袋の中身は日に日に膨《ふく》れ上がっている。

近いうちに商人ギルドでお金を預け、皆の昇給も積極的に行っていきたい。

「贅沢な悩みだよなぁ」

「キュウ？」

俺は苦笑しながら引き出しを閉め、棚の上に座ったツキネを撫でた。


「――ええと、次の注文は……」

移転発週末の営業中、俺はラテに渡された注文票を確認していた。

移転により価格が上がった『グルメの家』のメニューだが、メニュー表には価格以外にも以前との大きな違いがあった。

「チキン南蛮のライスセットか……肉、ライス共に『大盛』、と」

俺は素早くウィンドウを操作しながら『チキン南蛮』と『ライス』を生成する。

量はどちらも通常の一・五倍ほどで、圧倒的な存在感があった。

「それで次が……ムニエルと豚の角煮か。えっと……量はどっちも『小盛』で、セットのライスは

『普通』……と」

続いて『白身魚のムニエル』と『豚の角煮』を生成するが、こちらは先ほどとは正反対。

どちらも通常の六割程度の分量で、可愛らしいサイズ感となっていた。

「うん。皆利用してくれてるし、導入して正解だったな」

そう。大きな違いというのは、『大盛』と『小盛』の導入。

お客さんからの評判も良いようで、二、三回に一回はどちらかのオプションがついている。

以前から同じ料理を二皿頼むお客さん、胃の容量の問題で別料理の注文を躊躇《ためら》うお客さんが多く、そのような方々のために新システムを導入した。

大盛と小盛の構想自体は早いうちから頭にあったのだが、注文の煩雑化《はんざつか》や会計の負担増加というネックがあり、導入を見送っていた。

そんな中、カフェラテ姉弟という頼もしい仲間が加入したことで、導入する運びとなった。

日本では浸透《しんとう》していた『大盛／小盛』のシステムだが、この世界ではあまり馴染みのないものらしい。

導入の話をすると従業員一同が驚いていたし、お客さん達からも「画期的だ」という声が上がっている。

大盛を頼む人が増えたのはもちろん、小盛にして品数を増やすお客さんも増えたので、目に見えてわかるレベルで売上が上がった。

また、スキルを使えば使うほど魔力量は増えていくため、魔力成長という点でもプラスだ。

「店長、注文票です！」

「了解。ありがとう」

ラテが注文票を届けに来たので、次の料理の生成に取り掛かる。

注文内容は和風サラダの大盛オプション付き。

「和風サラダの大盛は……作ってなかったか」

【作成済みリスト】を開いた俺は、『和風サラダ』の項目をタップして脳内で〝コピー〟をイメージする。

『和風サラダ』の真下に『和風サラダ（コピー）』が現れるので、それを選択して実体化ボタンをタップ。

その際、大盛のイメージを脳裏に描くと、皿の上に約五割増しの和風サラダが出現した。

「こんなもんかな。フルール」

「ん」

フルールにサラダを渡した俺は、再び【作成済みリスト】を開き、『和風サラダ（コピー）』を『和風サラダ（大盛）』に変換する。

これ以降はワンタップで大盛の和風サラダを生成可能だ。

「もはやスマホ感覚だよな……」

スキルの利便性に感謝しながら、新たにカフィが持ってきた注文票の確認に取り掛かった。


その日の営業終わり。

食器類を片付ける俺の足元にツキネがやってきて、ズボンの裾を引っ張ってくる。

「キュウ！」

「来客か？」

「キュキュ！」

肯定するように鳴き、厨房を出ていくツキネ。

後に続いて厨房を出ると、飛びついたツキネを抱くフレジェさん――グラノールさんの秘書的ポジションの女性が立っていた。

グラノールさんの店には砂糖を納品しているので、その受け取りに来たのだろう。

「フレジェさん！　こんにちは」

「こんにちは、メグルさん」

フレジェさんはクールな声で言うが、その顔は喜びを隠し切れていない。

彼女の腕に抱かれたツキネも、撫でられてご満悦《まんえつ》の表情だ。

「ちょっと待っててくださいね。すぐに砂糖を持ってきますから」

「ありがとうございます」

厨房に戻った俺は砂糖を生成し、納入用の布袋に詰める。

「キュウ♪」

「ふふ、ここがいいのですか？」

「キュキュ♪」

「ツキネさんは可愛いですねぇ」

袋詰めを終えてホールに出ようとしたが、表情を溶かしたフレジェさんを見て咄嗟《とっさ》に顔を引っ込める。

しばらく待つと落ち着いた様子に戻ったので、あたかも時間がかかった風を装いながら厨房を出た。

「お待たせしました。この前の食事会で渡しておけばよかったですね」

「いえ、私も失念していましたから。それに移転で距離が近くなったので、歩きでも気軽に来られます」

フレジェさんは微笑しながら砂糖代を払った後、「ところで……」とこちらの表情を窺うような目で口を開く。

「ふと小耳に挟んだのですが、『デザートセット』なるものを作られたとか……」

「さすが、耳が早いですね。二日前にメニューに加えました」

「……っ‼　やはり本当でしたか！」

フレジェさんの目が輝き、ワントーン声が高くなる。

普段はクールで落ち着いた彼女だが、可愛い物と甘い物には目がないのだ。

「ええ、需要《じゅよう》があるかと思いまして。もしよろしければ、今ここで食べていきますか？　まだセットの用意はありますので」

「いいんですか!?」

身を乗り出しながら言い、いそいそと財布を取り出すフレジェさん。

以前の彼女ならば咳払《せきばら》いで誤魔化《ごまか》していたところだが、その顔には紛《まぎ》れもない喜色が浮かんでいる。

俺への態度がオープンになりつつある証拠だ。

「ああ、そういえば……」

俺はそう言って、遠くでこちらを窺っていたカフェラテ姉弟に手招きする。

「新たに加わった従業員です」

簡単に姉弟のことを紹介した後、フレジェさんの案内を二人に任せて俺は一人厨房へ戻る。

「フルール、フレジェさんが来てるんだけど、デザートの装飾頼んでいいか？」

「任せて」

手早く生成したデザートセットをフルールに装飾してもらい、自らの手でホールに運ぶ。

姉弟が案内した奥のテーブル席にフレジェさんが座っていたので、「お待たせしました」とセットのトレイを置いた。

「これが噂のデザートセットですか……！」

「はい。新作と言っても、元から『グルメの家』にあったデザートメニューを盛り合わせただけのものですが」

感動した様子のフレジェさんに、セットの説明を行う。

デザート好きのお客さんの中には、一度に複数のデザートを頼む人もいて、中には全種類同時に注文する人もいた。

そこで俺は、そんな人達がお手頃な価格で楽しめるよう、一度に数種類のデザートを食べられるメニューを考えたのである。

複数の味を組み合わせられるアイスクリーム屋のようなイメージで、『グルメの家』のデザートを任意に選択できるセットだ。

選ぶ種類が増えるほど割引率が高くなり、オプションでつけられる紅茶も通常より低い価格となっている。

各デザートの分量もセット用に調整しているので、選ぶと損になるような組み合わせもない。

また同時に、小盛オプションの流れを汲んだ『スモールセット』も用意した。

食後でも数種類のデザートを食べたい……そんな人達のためのオプションであり、特に女性客から好評の声をいただいている。

「カスタードプリン、バタークッキー、フォンダンショコラ、ミルクジェラート……全てのデザートが同じ皿に載っているとは、なんて贅沢な光景なのでしょう」

フレジェさんは恍惚《こうこつ》とした表情を浮かべて、デザートセットを食べはじめる。

所作は非常に丁寧だが、その勢いは非常に速い。

あっという間に全てのデザートを完食し、残された皿は洗いたてかと見紛《みまが》うほどにピカピカだった。

静かに息を吐いたフレジェさんは、最後の紅茶を飲んで口元を拭《ぬぐ》う。

「ご馳走様《ちそうさま》でした。この値段でこれだけの満足感……デザート好きにとっての天国ですね。今度は営業中に食べに来ます」

「ぜひぜひ。お待ちしております」

俺はそう言いながら、彼女を出口まで案内する。

「ああ、デザートと言えば。近々何か新しいデザートも作れたらと思っているんです。今回のような既存メニューのセットではなく、完全新作のデザートです」

「……っ！　新作デザートですか。それは楽しみですね」

「ええ。しばしお待ちください」

そう言って笑い、フレジェさんを見送る俺。

移転後一週目が終わり、様々な変化を遂げた『グルメの家』だが、新メニューの開発を筆頭にやりたいことはいくらでもある。

今のところお客さんからの評判も良く、運営資金も潤沢《じゅんたく》なため、積極的に行動を起こしていきたい。

「ふぅ……まだまだこれからだな」

厨房の片付けを再開した俺は、額の汗を拭いながら呟いた。

第八話　新ドリンクと再会

新店舗の営業が二週目の半ばに入った。

依然《いぜん》として客入りの勢いは衰《おとろ》えず、好調な営業が続いている。

そんな中、俺は新たなドリンクを『グルメの家』のメニューに加えた。

『コーラ』、『サイダー』、『コーヒー』の三つである。

前者二つは先日のハンバーガー祭りを開いたことから、後者はデザートセットを作ったことから着想を得た。

コーラとサイダーは炭酸の刺激、コーヒーは苦味が特徴的だが、どちらも王都民には馴染みがない。

炭酸と苦味の程度によってはお客さんを驚かせる恐れがあるため、ビア達の協力を仰ぎつつ慎重に調整した。

どちらも初体験となるカフェラテ姉弟にも試飲してもらい、いずれも美味しいと言ってくれたので問題ないと判断した。

本日の営業開始からメニューに加えているが、さっそく多くのお客さん達が興味を持って注文している。

正午を過ぎた現時点では炭酸の注文が多いものの、デザートセットと相性の良いコーヒーも徐々に追い上げ中だ。

「お！　またコーヒーの注文だな」

注文票を確認し、デザートセットとコーヒーを生成していると、食後の皿を運んできたカフィが声をかけてくる。

「店長！　さっきのお客さんはブラックが好みだと言ってました」

「そうか。手間をかけて悪いな」

「いえいえ！　全然大丈夫です！」

厨房を去る彼女に礼を言った俺は、止めていた手を動かしてミルクと砂糖を生成する。

コーヒーの提供はブラックの状態で行い、お客さんのお好みで調整してもらう形をとっているのだ。

先ほどカフィから受けた報告は、コーヒーに関するリサーチの一環。

王都民の嗜好《しこう》を把握《はあく》するため、食後のお客さんの感想を姉弟に尋ねてもらっている。

リサーチ前はミルク・砂糖有りのほうが人気だろうと思っていたが、意外にもブラック派の人が多い。

コーヒー単体だと苦味が気になるという人も、デザートの甘味をセットにすればブラックの良さを楽しめるようだ。
二、三人に一人はブラック派だと言っているので、苦味に関しての心配は杞憂に終わった。
また、コーラとサイダーの感想も姉弟に聞いてもらっているが、特にマイナスの意見は出ていない。

むしろ炭酸の刺激にハマる人が続出しており、二杯目、三杯目を連続で頼む人もいる。

ちなみに、炭酸の強さは微炭酸と普通の炭酸の間程度。

比較的マイルドなレベルに抑え、後味の甘さも爽やかに調整したのが功を奏したのか、小さな子供から年配のお客さんまで幅広い層から好評だった。


「……なんだ？　ホールがやけに賑やかだな」

新ドリンクが無事受け入れられ、その日の営業も終盤に差し掛かった頃。

溜まった食器を洗浄の魔道具に入れていた俺は、厨房の外がざわついていることに気付く。

「ん。ホールで何かあった？」

「そうだな……ちょっと見てくる」

フルールに皿の洗浄を任せ、俺は厨房を離れる。

ホールに出るとやはり騒がしく、お客さん達の視線が一つのテーブルに向いていた。

「店長！　いいところに」

「カフィ、何があったんだ？」

「それが……」

カフィはそう言いながら、お客さん達の注目を浴びたテーブルのほうに目を向ける。

「あのテーブルのお客さんなんですが、九つ星料理人のピルツさんなのではと皆さん気にしているようでして」

「ピルツさん？　ピルツさんって……」

先日の新店フェスに参加していた一流料理人。

【絢爛《けんらん》】の二つ名を持つことでも知られる有名人で、得票数は十五店舗中一位だった。

俺を認める発言が載った号外が出されたこともあり、これまで関わった人の中でも強く印象に残っている。

「……とりあえず行ってみるよ」

カフィには接客に戻ってもらい、俺自ら真偽の確認に向かう。

件《くだん》の人物は帽子を目深《まぶか》に被っており、遠くからではあまり顔がわからない。

テーブルの前まで近づくと、こちらに気付いたその人物が顔を上げた。

「やあ、メグル君。久しぶりだね」

「ピルツさん……！」

帽子の下に覗く少年のような笑みは、間違いなくピルツさんのものだ。

なぜここに？　と俺は驚くが、彼と話したのは新店フェスでの一度きり。

何を話せばいいかわからず、しばらく言葉に詰まっていると、「移転の話を聞いてね」とピルツさんは笑う。

「この場所なら僕も来やすいし、自分の店が休みだったから来させてもらったんだけど……ご覧の通りバレちゃったみたいで……ごめんね」

「いえいえ！　謝らなくても」

手を合わせる彼に言いながら、俺は周りの視線を確認する。

「だけどそうですね……かなりの注目を浴びてますし、この状況じゃ食べにくいですよね。もう注文はしましたか？」

「いや、まだ頼んでないよ」

「そうでしたか。それなら――」

幸い、もうすぐで店じまいの時間となる。

一旦隣の家で待機してもらい、閉店後にゆっくり対応するのはどうだろうか。

そう考えて提案してみたところ、「いいのかい？」と彼は笑顔で了承した。


「――悪かったね。隣の建物まで使わせてもらって」

「いえ、こちらこそお待たせしました」

店を閉めてから数分後。

静かになった店内にピルツさんを案内する。

「それにしても、あれは家なのかい？　ずいぶんと広かったけど」

「俺にとっては家ですけど、どちらかと言えば寮って感じですね。ウチで働く従業員も皆あそこに住んでいます」

「寮か、なるほどね」

「はい。すぐ店に行けると好評ですよ」

「たしかに便利だね。新人の店としては大胆なやり方だけど」

ピルツさんは笑いながら帽子を脱ぐと、「ふう」と息を吐いて席に着く。

「改めて、さっきは騒がせて悪かったね。他の店ではそんなに注目されないから油断してたよ。新店フェスでの件が影響しているみたいだね」

「そうですね」

ピルツさんが俺に言及した記事を知る人達からすれば、関わりの深い二人として認識されるのは仕方ない。

お互いに苦笑した後、ピルツさんの注文を聞いて厨房へ行く。

「悪いなフルール。急に付き合わせて」

「ん。平気」

すぐに料理を持っていくと怪しまれるため、装飾のために残ってくれたフルールとしばらく雑談に興じる。

酒は控えるとピルツさんが言ったので、ソムリエ担当のビアを含めた他のメンバーは先に上がらせていた。

ツキネは俺達についてきたが、今はホールの隅で休憩中だ。

「……そろそろかな」

俺は頃合いを見て【味覚創造】を発動すると、注文の品を生成する。

そこにフルールが鮮やかな手際で装飾を施せば、一分もかからずに料理の完成だ。

「お待たせしました」

「おお！　なんだかこの前のカレーライスに似ているね！　こっちのドリンクも……これは泡かい？　面白い見た目だ」

ピルツさんは興味深そうに料理を観察する。

彼が注文したのはメイン料理の『ビーフシチュー』とセットの『バゲット』。

ドリンクは新メニューの『サイダー』で、食後には『ジェラート』も頼まれている。

「じゃあさっそく……うん！　とても美味しいね！　繊細で、奥深くて、たった一掬《ひとすく》いの中に複雑な旨味が凝縮されている」

ビーフシチューを口にしたピルツさんは、一瞬で料理人の顔になる。

「パンもすごく香り高い。単体でも香ばしくて美味しいけど……うん、ビーフシチューとの相性が最高だね。カレーライスに負けず劣らず、信じられないクオリティの高さだよ」

料理人らしく分析しつつ、表情を緩めるピルツさん。

二品の相性が気に入ったらしく、ちぎったバゲットをシチューに浸《ひた》して食べている。

どうやらエッセンには決まった食事マナーがないようで、『美味しい食べ方が一番』という考え方が普及していた。

パンをスープに浸しても問題はないし、それぞれのお客さんが思うベストの食べ方を楽しむのがエッセン流だ。

「さてお次は……サイダーと言ったかな？　今日から始めたドリンクなんだよね？」

「はい。新作のドリンクです」

「こんなドリンクは初めて見たよ。ポーションみたいで綺麗なのも珍しいけど、このたくさんの泡が独創的だ」

光に透かしてみたり、匂いを嗅いでみたり、ひとしきり観察したピルツさんは、コップに口をつけて目を見開く。

「……っ!!　これは……？」

驚きの顔でもう一度サイダーを飲むと、今度はじっくりと分析するように目を瞑《つむ》った。

「……すごいね。本当に面白い飲み物だ。細かい泡がたくさんあるけど、これがピリピリ感の正体なのかな？　後味もすっきりで美味しいよ」

「ありがとうございます」

一流料理人のピルツさんから褒めてもらえるのは非常に嬉しい。

ある意味で最高のモニターと言えるので、調整した甲斐《かい》があったなと思う。

半分ほどサイダーを飲んだ彼は、喋《しゃべ》るのをやめて黙々《もくもく》と料理を食べ進めた。

俺は食後のジェラートを作るため一度厨房に戻ったが、ジェラートも大変好評だった。

「――うん、美味しかった」

ジェラートを食べ終え、コップに残ったサイダーを飲み干したピルツさんは、笑みを浮かべて財布を取り出す。

「やっぱりメグル君の料理はどれも独創的で面白いね。いろいろと勉強させてもらったよ」

「恐縮です」

俺はそう言って代金を受け取る。

額が多かったのでお釣り分を渡そうとすると、ピルツさんは首を横に振る。

「勉強代として受け取ってほしい。メグル君からは学べることがたくさんある」

「そんな……ありがとうございます」

「こちらこそ素晴らしい料理をありがとう。今度また……そうだな、次はもう少しバレにくい恰好《かっこう》で来ようかな」

「事前に言っていただければ、今回みたいな営業終わりでも大丈夫ですよ」

「いいのかい？　それじゃあ次に来る時は前もって手紙でも送るよ」

「はい、ぜひぜひ」

「またね」

ドアを開けたピルツさんは、ひらひらと手を振りながら去っていく。

「……まさか、ピルツさんが来てくれるなんてな」

予想だにしない出来事だったが、交流の輪が広がっているのを実感する。

くすぐったい嬉しさを感じながら、俺はドアに背を向けた。

第九話　レザンさんの提案

ピルツさんが店を去った後のこと。

空が暗くなりはじめた頃に、伝書鳩で一通の手紙が運ばれてきた。

まさかさっそくピルツさんが？　と驚いたが、さすがにそんなことは起きず、差出人は料理評論家のレザンさんだった。

以前俺が参加した料理コンテストにて審査員を務めていた人で、店に足を運んでくれたこともある。

手紙の内容は、『前のように営業後に来てもいいか』というものだ。

俺は『もちろんです』と快諾の手紙を返信し、週末の営業終わりに来店してもらう運びとなった。

そして訪問の当日、予定時刻の五分前にゆっくりとドアが開かれる。

「レザンさん、お久しぶりです」

「ああ……失礼する」

前回と全く同じ台詞を発した彼を、カフェラテ姉弟が奥のテーブルへ案内する。

料理評論家として有名なレザンさんの来店に興味を持ち、案内を申し出た姉弟だったが、彼の鋭い雰囲気に緊張している様子だ。

「こちらがお冷と……」

「メニューになります」

「ああ………」

席に着いて低く呟いた後、無言でメニューを見始めるレザンさん。

悩んでいる様子だったので、俺は彼に声を掛ける。

「前回みたいに、こちらでコースを組みましょうか？」

「いや……今回は自分で決めたい。各メニューの説明を聞いてもいいか？」

「もちろんです。二人とも頼んでいいか？」

「はい！」

「任せてください！」

俺は料理の説明を姉弟に任せ、厨房のビア達と合流する。

レザンさんは酒を嗜《たしな》むので、装飾担当のフルールはもちろんビアも厨房に入っていた。

それから厨房で待つこと数分、注文票を手にしたラテがやってくる。

「店長、注文票です」

「ありがとう。メニューの説明は大丈夫だったか？」

「はい。レザンさんが意外と優しかったので、緊張せずに説明できました」

「はは。意外と、か」

ラテの言葉に笑った後、俺はスキルウィンドウを開く。

注文にはすぐに出しても問題ない『コーンスープ』と『シーザーサラダ』が含まれていたので、まずはそれらの料理を作って待機中のラテに運んでもらった。

「ビア、カクテルの準備を頼む。注文はこんな感じだ」

「了解！」

注文票を見たビアがカクテルを完成させるのに合わせて、白身魚のムニエルとライス、どちらも小盛のものを生成する。

自ら配膳しようとすると見計らったようにカフィが来たので、彼女に配膳を任せて次の料理の生成へ。

「フルコースって感じの構成だな」

スープ、サラダ、魚料理に続く一品は、肉料理のチキン南蛮で量は小盛。

開店記念パーティーの時はビーフシチュー、前回の来店時は豚の角煮を出したので、レザンさんがこれまでに食べていない肉料理を選んだのだろう。

また、カクテルとは別に味見用のコーラを希望とのことなので、コップ四分の一ほどのコーラを生成する。

「よし。あとはデザートだけだな」

チキン南蛮とコーラの配膳が終わった後は、デザートのタイミングまで時間を潰す。

ちらりとレザンさんの様子を覗いてみると、黙々と食事に興じているようだ。

俺はふっと口角を上げ、下げられた食器の洗浄に取り掛かった。


「……美味かった」

最後のデザート——フォンダンショコラを食べ終えたレザンさんは、静かに酒のグラスを傾ける。

「楽しんでもらえたようで何よりです」

「ああ……」

そう言ってグラスを置いたレザンさんは、簡潔《かんけつ》に各料理の感想を伝えてくれる。

どの料理にも個性があって素晴らしく、まだ食べていない他の料理も気になるとのことだ。

相変わらず眉間《みけん》に皺《しわ》が寄り、人を寄せ付けない空気を纏《まと》っているが、前よりも表情が柔らかくなった気がする。

「……また今度手紙を出す」

そう言った彼の目に浮かんだ優しい色は、きっと俺の見間違いではないと思う。

「はい、ぜひまたお願いします。ドリンク以外の新メニューも増やしていくつもりですので」

席を立ったレザンさんにそう伝えると、彼は「ほぅ」と低い声を漏らす。

「それは楽しみだな。魚介料理《ぎょかい》も増やすつもりなのか？」

「魚介料理ですか？　特にジャンルは決めていませんでしたが……たしかに今は魚介料理が少ないですね」

海産物を使った料理といえば、現状ムニエルの一品だけだ。

特に意図してのことではないが、個人的な趣向も相まって肉料理が多めとなっている。

「しかしなるほど、魚介料理……」

いわゆるシーソード系の料理には、肉料理とはまた違った良さがある。

お客さんの中にもムニエルを好んで食べる層が一定数いるし、新メニューにシーフード要素を取り入れるのは良いアイディアだ。

「んー……って、すみません。考え込んでしまって」

個人的な思考に沈《しず》みかけた自分に気付いた俺は、慌てて顔を上げる。

それを見たレザンさんは「ふ」と笑うと、背を向けてドアノブに手をかけた。

「俺の言葉は気にするな。自分の作りたいものを作ればいい」

そう言い残し、レザンさんは店をあとにする。

カラカラとドアの鐘が鳴る中、俺は顎《あご》に手をやって「んー」と呟いた。

「……魚介料理ねぇ」

レザンさんは気にするなと言ってくれたが、何も一品しか新メニューを作れないわけではない。

魚介料理に乏しいのは事実だし、個人的に試作してみたい気持ちもあった。

『なるべく多く、新しい味覚を届ける』というのを店のコンセプトにしている俺にとって、魚介料理を増やすことには大きな意味がある。

「レザンさんには感謝だな」

俺はそう呟きながら厨房に向かう。

まだ魔力にはある程度の余裕があるので、試しに何か作ってみたい。

「キュウ！」

「ツキネ、起きたのか。今からちょっと料理の試作をしたいんだけど、皆と一緒に味見をしてもらってもいいか？」

「キュウ？　キュキュ！」

「そうそう。油揚げも作ってやるからさ」

「キュキュキュウッ♪」

尻尾を振り回すツキネに笑いながら、俺はキッチンの整理を始めるのだった。

二、三時間の試作を続けた俺は、ツキネを抱いて厨房を出る。

「うーん、なかなか難しいな……」

「キュウ……」

『グルメの家』で今のところ一品しかない、シーフード関連のメニュー。

日本人として馴染みが深い刺身《さしみ》や寿司《すし》も考えたが、王都では魚を生食する文化がなく、生魚を使ったメニューは除外されてしまう。

なんでも、この世界の寄生虫が恐ろしい存在とのことで、腹を食い破って出てくるような殺人虫も少なくないらしい。

俺の【味覚創造】であれば安全な切り身を生成することも可能だが、王都民が抱く生食への抵抗感を考えると、メニューへの追加は難しい。

少なくとももうしばらくは控えたいので、火を通したメニューが前提となる。

そんな事を考えつつ家に帰ると、リビングにビアの姿があった。

椅子に座ってくつろぎながら、ちびちびと酒を飲んでいる。

「あ、メグル。おかえり」

「ただいま。フルールとカフェラテ姉弟は？」

「カフィとラテは買い物に行くって出かけたよ。フルールは芸術活動？　とかで二階の部屋に籠《こも》り中」

「なるほどね。何かつまみでも作ろうか？」

そう尋ねると頷いたので、ビアの大好きなビーフジャーキーを生成してから、彼女の対面に腰掛ける。

「ありがとう！　試作のほうはどうだった？　海鮮系の新メニューを考えてるんだよね？」

「ああ、まだこれという案は出てないかな」

俺はそう言って小さな溜め息をつく。

「やっぱり肉料理に比べると思いつく品が少なくてな。たしかこの辺りでは、魚以外の海産物があまり食べられないんだろ？」

「そうだね。食べるとしても魚料理が基本かな。たとえばほら、グーテのコンテストでテーマ料理になってた『サモナート』とか」

サモナートは、いわゆる魚の切り身のクリーム煮で、やはり加熱した料理である。

「うーん……だよなぁ」

魚介料理――シーフード系の導入が難しい理由の一つが、この食文化の違いだった。

魚の他にも甲殻類《こうかくるい》や貝類等、様々な海の幸があった地球に比べ、この世界で海の食材といえば魚が多い。

貝類も比較的食べられるようだが、海老《えび》や烏賊《いか》に該当する生き物はあまり獲れないようなのだ。

それらはあくまでも珍味という認識が強く、ビア達の話を聞いた感じ、ビジュアルも地球のものとは大きく違うため、安易に新メニューには使えない。

「そうだな……この世界の魚介料理はサモナート以来食べてないし、明日食べに行ってみようかな。気分転換にもなりそうだし」

「あ！　それならさ。三区にある海鮮市場に行くのはどう？」

「海鮮市場？　そんなのがあるのか？」

「ちょっと遠いけどね。ボクもずっと気になってたんだけど、なかなか行く機会がなかったんだ。どうせなら今度、皆も連れて行ってみない？」

「そうだな。行ってみるか」

なんだか面白そうだったので、ビアの意見に賛成する。

その日の夕食時、フルール達にも海鮮市場の件を話し、定休日に皆で行くことが決定した。


四日後の定休日。

海鮮市場は朝から開いているそうなので、空気がまだ少し冷たい時間に出発する。

「市場まではどれくらいかかるんだ？」

「三区の中でも端のほうだし、四、五十分は歩くかな」

俺の質問に、道案内役のビアが答える。

目的地の海鮮市場は、中心部から見て俺達の店とは反対の方角にあるらしい。

料理人ギルドがあるエリアとも方向が違うため、序盤から完全に初見の道を進んでいく。

「皆初めて行くって言ってたけど、結構マイナーな場所なのか？」

ビアは行く機会がなかったと言っていたが、後々聞くとフルール達も市場には行ったことがなかったらしい。

俺も今回初めて市場の話を聞いたので、あまり人気がないのだろうかと思っていると、ラテが質問に答えてくれる。

「基本的には料理人の方々が行く場所だと聞いたことがあります。あとは、魚介を専門に扱う業者の方々が行っているとか」

「なるほど。なんとなくイメージできた」

商店街の市場というよりは卸売市場《おろしうり》のようなものだろうか。

前世でも有名な卸売市場はあったが、その道の人が行く場所というイメージが強く、実際に訪れたことはなかった。

ラテの話を聞いた感じ、それと似た感覚なのかもしれない。

「でもそうか。王都から近いところに海があるんだな」

思い返してみれば、王都は比較的海から近いと以前ビアが言っていた気がする。

「あまり意識してなかったけど、意外と歩ける距離だったのか」

「ああ、いえ。それはですね――」

ラテが首を横に振りながら答える。

市場がある＝海が近いと無意識的に結び付けたが、どうやらそうではないとのこと。

海には海獣《かいじゅう》と呼ばれる危険な魔物が存在するため、海の近くに市場を作るのはリスクが大きいそうだ。

海鮮市場を作る場合、海から馬車で二、三時間の距離を空けるのが普通らしい。

「ここ最近の港は比較的安全なようですが、数百年前に超大型の海獣が現れたそうでして。その事件で港を含めた街の大部分が壊滅して、距離を置く今の形になったそうです」

「へえ、そんな歴史が……」

陸の魔物が危険なことは知っていたが、海にもそんな化け物がいるとは恐ろしい。

その後もいろいろなことを教えてくれるラテに相槌を打っていると、リュックがもぞもぞと揺れてツキネが顔を出した。

「キュッ」

「お、ツキネ。起きたか」

「キュウ！」

俺の肩に飛び乗ったツキネは、キョロキョロと首を動かして鼻を鳴らす。

「キュウ！　キュキュッ!!」

どうやらかすかに磯《いそ》の匂いがしているようで、それで目が覚めたとのことだ。

「ってことは……市場はもうすぐそこか」

「キュウ！」

それから歩くこと二、三分。

ツキネが言っていた通り、遠くに市場が見えてくる。

それと同時に吹いた一陣の風からは、久しぶりに嗅ぐ海の匂いがした。

第十話　海鮮市場

「これがエッセンの海鮮市場か」

市場に足を踏み入れると、賑わいに満ちた朝の空気が俺達を包む。

料理人や業者の方がほとんどなのでさほど混雑はしていないが、それでも朝という時間帯にしては結構な人数がいる。

市場の形はシンプルな長方形で、長い辺が数百メートル、短い辺が百数メートルといったところか。

俺達が歩く通路以外にも数本の通りが走っており、海産物の種類に応じたブロック分けがされている。

「この辺は魚を売ってるブロックっぽいな」

入ってすぐの場所にあるのは、王都で食べられる海産物の中核を担う魚類のエリア。

異世界の魚——風変わりな魚がずらりと並ぶ光景を想像していたが、意外にも俺の知る魚市場の雰囲気に近い。

鰯《いわし》風の青魚や鯛《たい》に似た魚等、割と普通の魚達が並べられている。

値段も手頃で数も多いため、業者らしき人が次々とやってきては、大量の魚を買っていく。

「皆あっちに魚を運んでるな」

「運搬用の道が用意されているんです」

袋を担いだ人達が向かう方向を見ると、すかさずラテが説明してくれた。

魔法袋を使う一部の人達を除いて、大半の業者は自分の馬車に魚を積んでいる。

そうして積んだ魚を王都中心部まで運ぶため、俺達が歩いてきた道とは別に馬車用の広い道があるらしい。

「へえ……おっ、変わった魚が増えてきたな」

「キュウ！」

五分ほど見て回ったところで、次のブロックに突入した。

比較的普通だったこれまでの魚に比べ、カラフルな魚や妙な形の魚が増えはじめる。

視覚的にも面白くなってきたので、ツキネも興味を惹かれたようだ。

「この辺の魚はたぶんほとんどが魔物だね。派手な見た目もそうだけど、生きてる魚がいないでしょ？」

「ああ、言われてみれば」

ビアに言われて意識すると、たしかに生きている魚がいない。

先ほどまではちらほらと見かけた生け簀《いす》が一つとしてないのだ。

「陸の動物と同じで魔物は危険だからね。たとえばあそこのファングフィッシュ……見た目はただの大きな魚だけど、魔力を集めて作った牙《きば》で獲物を襲うCランクの魔物なんだ」

「そうなのか？」

「かなり強い魔物だよ。聞いた話だと、魔力の牙は人の首を一撃で切断するとか。毎年数人は命を落とす漁師と冒険者がいるんだ」

「それは恐ろしいな……」

「うん。だから安全のためにも魔物の魚は締めるんだと思う」

「なるほどな……」

魔物が生きた状態で売られていたら、市場が地獄絵図《じごくえず》になりかねない。

ファングフィッシュのように見た目が普通のものだけでなく、全身に毒々しい針を生やした巨大魚や、鎧《よろい》を纏った強靭《きょうじん》そうな顎の魚もそこらにいて、見るからに危ないことがわかる。

「魔物だけあって値段も高めだな」

捕獲《ほかく》が危険な分、漁獲量も相応に落ち、供給が安定しないためだろう。

通常の魚に比べると数倍の値がつくものも多く、中には十倍以上の高額な魚も並んでいる。

「値段は高いけど、陸の魔物と同じで味は良いやつが多いからね」

「一流の魚介レストランでは、積極的に魔物の魚を仕入れると聞いたことがあります」

「冒険者と直接契約して卸してもらう店もあるから、貴重な魔物は市場でもあまり並ばないよ」

「へえ。その辺は魔物肉と同じなわけだ」

ビアとラテの話に頷き、次のエリアへと移動する。

「ここは……」

「貝類のエリアですね」

俺は市場を観察しつつ、ラテの説明に耳を傾ける。

魚が主な海産物となるこの国において、魚の次に食べられているのが貝類らしい。

魚と同じく普通の貝もたくさん売られていて、あまり異世界の市場感がない。

「これが王都で一番メジャーな貝です」

そう言いながらラテが紹介したのは、ムール貝に似た小ぶりな貝。

そのサイズから『スモールシェル』と呼ばれており、魚介系のレストランに行けば必ず置いてある定番の貝らしい。

「なるほど、後で味見してみるか」

市場までの道中でラテが言っていたのだが、この辺りには王国が管理する施設があり、そこで市場の海産物を食べられるそうだ。

施設の運営には料理人ギルドも関わっているため、魚介の味見はもちろんのこと、申請すれば厨房を借りて自分で調理することも可能らしい。

今日の第一目的はこの世界の魚介について知ることなので、新鮮な状態で味を見るためにも施設には必ず立ち寄りたい。

市場を抜けた先にあるという施設を目指しつつ、俺達は散策を続けた。


「――貝類エリアはあっさりした感じだったな」

エリア内最後の貝を見ながら俺は呟く。

貝のエリアは全体的に地球のものに近く、特に驚きもないまま見終わった。

魔物の貝が並ぶエリアもあったのだが、どれも普通の貝の巨大版といった感じで、ランクも低めの魔物ばかりだった。

どんな化け物が並ぶのかと身構えていたこともあり、多少の拍子抜け感が否めない。

「まあ、よく考えたら普通のほうがいいんだけど……」

「キュウ♪」

苦笑しながら肩に乗ったツキネを撫でる俺。

勝手に期待した自分が悪いのであって、地球の貝と似ていることはむしろメニュー作りにおいては良いことだ。

「次が最後のエリアか……ってなんだこれ!?」

隣の通路に出た俺は、目の前に吊《つ》るされた巨大な海老風の化け物に思わず叫ぶ。

「ビッグクロウ。Dランクの魔物だよ」

「強そうだな……びっくりした」

ほっと胸を押さえていると、ビアが耳打ちするように顔を近づけてくる。

「ほら……メグルがたまに作ってくれる『エビ』だったっけ？　こっちの世界ではあれがエビの味によく似てるんだ」

「なるほどな、たしかにこれは……」

俺は頷きながらビッグクロウを観察する。

初見で海老の化け物だと思ったのは間違いではなかったらしい。

ただ、どことなく蟹《かに》の要素が入っていたり、全身を覆う外骨格の質感だったり、俺の知る海老とはずいぶん違った趣《おもむき》がある。

特に、一メートルをゆうに超えるその巨体と、アンバランスに長いハサミの迫力がすさまじい。

まさにモンスターと呼ぶにふさわしい魔物であり、俺が作った地球の海老料理に驚いていたビア達の気持ちが理解できた。

「珍味のエリアだけあって化け物揃いだな……」

最後は珍味のエリア——魚類と貝類を除く海産物のエリアなので、ビッグクロウが序の口と言わんばかりの怪物達が並んでいる。

鋭利な毒爪を持つ紫色の烏賊《いか》。

無数の口を開いた巨大雲丹《うに》。

金属の甲羅《こうら》を持つ異形の甲殻類。

漁獲量が少ないために珍味と呼ばれているわけだが、こんなやつらがバンバン獲れるとそれはそれで考えものだ。

地球における海老や烏賊《いか》等とはどれも完全に別物なので、魚介メニューを作る際は注意が必要だと実感する。

「ここまで違うと味もかなり違うだろうな……」

俺はぼそりと呟きながら、珍味エリアを進んでいく。

どの魔物も個性的なので、この後の試食は絶対に外せない。

十五分ほどで珍味エリアの見学を終えた俺達は、海産物の味見をするべく王国の施設へと向かった。

王国管理の施設があるのは、市場の出口からすぐの場所。

料理人ギルドの他、魔物を管理する冒険者ギルドも運営に一枚噛《か》んでいるので、看板には両ギルドのシンボルマークが刻まれている。

「キュキュッ！」

「そうだな、香ばしい匂いがする」

施設内に入るとすぐ、海鮮バーベキューのような匂いが鼻に抜ける。

個別の網《あみ》焼き台がずらりと並んでいて、魚介を焼いて楽しむ人々の姿があった。

どことなく、キャンプ場のバーベキューサイトを連想させる光景だ。

「向こうで受付してるみたいです！」

「ああ」

カフィが指さした方向を見ると、受付と書かれたカウンターがある。

まずはそこで自分達の食材を選択し、それを金網《かなあみ》で焼くセルフ方式で食べるようだ。

受付の近くには注文の参考用に種々の海産物が並んでいるので、それを見て各々が食べたい物を決めることにした。

「すみません、注文をお願いしたいのですが……」

五分ほどで食べる魚介が決まり、俺がまとめて皆の分を注文する。

それから待つことさらに十分、各種魚介が盛られた皿と取り分け用の小皿を渡された。

網焼き台は好きなものを使っていいそうなので、周りに人のいない台を選んで皆で囲む。

「ええと……ここを押せばいいのか？」

「たぶんそうじゃない？」

網焼き台は店の厨房のコンロと同じく、魔石の力を利用する最新式だった。

側面部にあるスイッチを押すと、金網の下から炎が立ち上る。

つまみを動かせば柔軟に火力を調整できるので、非常に使い勝手がいい。

「よし、準備できたぞ」

適当な火力に調整した後、皆が頼んだ魚介を各々好きなように焼いていく。

魚はあらかじめカットされ、貝類もフタを外してある状態なので、網の上に乗せて様子を見るだけだ。

「まずは……スモールシェルからかな」

俺が最初に焼いたのは、一般的な貝だと言われたスモールシェル。

円形に近いこと以外は地球のムール貝に似ているが、果たして味のほうはどうか。

味付け用に貰った塩を軽く散らし、いい感じに火が通ったところで身をいただく。

「ん……美味い！」

噛みしめた瞬間、じゅわりと広がる貝の旨みと芳醇《ほうじゅん》な香り。

ベースの味はムール貝に似ているが、より凝縮された感じがする。

単純に焼いた時の味としてはスモールシェルのほうが好みだ。

「これは新メニューの食材候補だな」

同時に焼いていた別のスモールシェルを食べながら、次の魚介を金網へ乗せる。

初見の時から気になっていた化け物海老——ビッグクロウである。

巨大な身がブロック状にカットされているので、視覚的にはエビというより赤っぽい魚の切り身のようだ。

「ん？　匂いも少し癖があるぞ」

網に乗せてしばらくすると、嗅いだことのない匂いがしはじめる。

決して不快なものではないのだが、転生初日にレストランで出された牛の魔物――タウルスを彷《ほう》彿《ふつ》させる独特の匂いだ。

軽く焦げ目がついたところで、恐る恐る口に入れてみる。

「おっ！　味は普通に美味いな」

匂いから味にも癖《くせ》があると予想していたが、意外にもそれほどではない。

エビ成分が八割、カニ成分が二割といった感じの味で、後味はかなりあっさりしている。

全体として地球のエビよりも淡泊《たんぱく》だが、これはこれで美味しいと思える味だ。

「キュキュ!!」

「オーケー、今用意する」

別の貝を網に並べていると、足元のツキネがズボンにすり寄ってくる。

俺と同じ食材を皿に乗せて与えていたが、やはり油揚げのほうがいいらしい。

布袋の中でこっそり油揚げを生成し、半分をツキネの皿によそう。

「もう半分は金網で焼いてみようか」

「キュ？　キュキュッ♪」

さっそく油揚げに飛びつきながら、嬉しそうに鳴くツキネ。

その様子に頬を緩ませた俺は、他の皆が焼く魚介に意識を移す。

焼かれているのは大半が魚の切り身で、残りはほぼ全て貝類だ。

「やっぱり皆、魚と貝がメインなんだな」

「うん。なんだかんだでボクは魚が一番好きかな。変な癖がないし」

ビアが白身魚を取りながら言うと、カフェラテ姉弟がうんうんと頷く。

「貝も美味しいですけど、私も魚が好きですね」

「僕も魚派です」

「そうか。フルールは？」

「ん……種類による。でもメグルの魚介料理ならどれも美味しい」

フルールがそう言うと、再び皆がうんうんと頷いた。

「こうやって塩焼きで食べるのも美味しいけど、メグルの魚料理を知っちゃうとね」

「ん。ちょっと物足りない」

ビアの言葉に、フルールも同意する。

「そう言ってもらえるとありがたいな。そうだ、物足りない感じがするなら……」

実のところ、俺も少しだけ物足りなさを感じていたところだ。

リュックの中の魔法袋から持参していた空瓶《からびん》を取り出し、カフィとラテから見えない位置で『特製醤油』を生成する。

一人で刺身を食べる時などに使っていた、濃いめで旨味の強い醤油である。

魚介との相性は間違いないし、網焼きで焦がし醤油にしたら絶対美味い。

「それってショウユ？」

瓶を見たフルールが首を傾げて言うと、ビアも「ショウユだ！」と嬉しそうに言った。

二人には醤油を使う料理を何度か出したことがあるので、一目で瓶の中身を見抜いたようだ。

「「ショウユ？」」

そんなビア達とは反対に、カフェラテ姉弟は不思議そうに声を揃える。

「真っ黒な液体ですね」

「調味料ですか？」

「そうそう。醤油っていう調味料なんだ。その……魚介に合うと思って持ってきていてな。よかったら二人も使ってみるか？」

俺はそう言って、貝に数滴の醤油を垂らす。

貝殻《かいがら》に溜まった醤油がジュウウと豪快な音を鳴らし、食欲をそそる香りが広がっていく。

「「お願いします!!」」

「ボクも！」

「ん。私も」

「はは、了解」

手を上げる皆に笑いながら、他の魚介にも適量の醤油を垂らす。

そうしているうち、自分の貝にかけた醤油がいい感じの焦がし状態になったので、網から皿に救出した。

「うん、美味い‼　やっぱり醤油は最高だな！」

焦がし醤油の芳醇な香りが貝の旨味を引き立て、次のひと口への強烈な誘引力《ゆういんりょく》を生む。

塩だけだと大味だったビッグクロウも、醤油をかけるとガラリと味の印象が変わった。

「これ、すごく美味しいですね！」

「私めちゃくちゃ好きです！」

ラテの言葉にハイテンションで頷くカフィ。

焼いていた分をペロリと食べ終わった姉弟は、残りの魚介をいそいそと網に乗せる。

ビアも「美味しいね！」と笑顔で食べ、その横のフルールもすさまじいペースで食材を減らしていた。

俺も醤油によって魚介の消費ペースが上がり、気付けば小さな数枚の切り身といくつかの珍味が残るのみだ。

「たまにはこういうのもいいいな」

こういう形式の食事は数年ぶりだが、久々にやってみると楽しい。

この世界の海産物についても理解が深まったし、食べていく中で新メニューのイメージもぼんやりと浮かんだ。

「ビア、俺も酒を貰っていいか？」

「いいけど、珍しいね。普段はあまり飲まないのに」

「たまにはな。少しだけ」

ボトルを取り出したビアに頼んで、俺の分の酒も注《つ》いでもらう。

全体的に黒っぽく、どこかビールに似た雰囲気の酒だ。

「美味い！　魚介に合うな」

ぐいっとグラスを傾けた俺は、残りの魚介を焼きはじめるのだった。

第十一話　新たな魚介メニュー

海鮮市場を訪れた翌日から、俺は新たな魚介メニューの開発に取り掛かった。

初めに行ったのは、頭に浮かんだ複数の案からベストなメニューを描き出す作業だ。

「うーん……貝類を使うのは確定として」

新メニューの軸として有力なのは、スモールシェルを筆頭とした貝類。

魚に次いでメジャーな魚介なので王都民にも馴染みがあるだろうし、味もしっかりしていて旨味が強い。

となると、考えるべきはそれ以外の魚介――海老や烏賊《いか》の類《たぐい》を使うかどうかである。

「なるべく多くの食材を使いたいし……ビッグクロウくらいは採用するか？」

巨大な化け物海老、ビッグクロウ。

地球の海老とは様々な点において異なるが、ビッグクロウならではの魅力もある。

また、甲殻類の中では漁獲量が多いほうらしく、メニューに加える店も他の珍味に比べると多いそうだ。

異世界の味覚を取り入れるためにも、上手く使えそうなら使いたい。

「貝類とビッグクロウの両方を活かす料理となると……やっぱあれかな」

初日の段階でメニュー選定は終了し、細かな味覚の調整作業に入っていく。

貝類の旨みを最大限に生かしつつ、ビッグクロウの風味をどれだけ上手く馴染ませられるかがポイントだ。

繊細なバランスが求められる作業だが、日々の研鑽《けんさん》で味の調整には慣れている。

一週間はかかりそうだと考えていたところ、二日目の段階でベースの味が出来上がり、九割方の調整が終わった。

そして調整三日目の夜。

厨房で汗を拭った俺は、皿に生成した料理をツキネの前に置く。

「ツキネ、食べてみてくれ」

「キュ……」

神妙な面持ちで鳴いたツキネは、くんくんと料理の匂いを嗅いで口にする。

「キュウッ!!　キュキュッ！」

「美味いか？」

「キュウッ♪」

ツキネは口の周りをペロリと舐め、ぱくぱくと料理を食べ進める。

「俺は完成でいいと思うんだけど、どうだろう？」

「キュキュ！」

「お。ツキネもそう思うか？」

ブンブンと振られる尻尾に笑いながら、俺も取り分けた分をひと口食べる。

「うん、美味い！」

スキルの【味覚チェック】で味は確認済みだが、魚介の食感もいい感じに再現できており、実際に食べるとより味わい深い。

肉料理とは違った魅力を十分に発揮できているし、既存メニューと比較しても遜色《そんしょく》のないクオリティだ。

「今日の夕食に出してみるか」

スキルの秘密を知るビアとフルールには一度試食してもらったが、カフィとラテにはまだ出していない。

姉弟の意見を聞くべく夕食に出してみたところ、「『美味しいです！』」と声を揃えて言ってくれた。

「こんな美味しい魚介料理、初めて食べました！」

「僕も初めてです！」

「試作よりも格段にレベルが上がってるね！」

「ん、魚介の風味が活きてる」

姉弟からの絶賛とビア達の太鼓判をもらえたので、さっそく明日から店で出すことにする。

こうして新たな魚介料理――『パエリア』が、『グルメの家』のメニュー表に加わった。


「――店長！　注文票置いときます！」

「了解、ありがとう」

パエリア導入の当日。

カフィが置いた注文票を取り、内容をチェックする。

「えっと、胡麻《ごま》ドレサラダと……パエリアか」

「新メニューだけあってやっぱり人気だね」

「そうだな。好評でよかったよ」

新ドリンクやデザートセットを追加した時と同様、パエリアの注文は順調に入り続けている。

新メニューなので注目されやすいとはいえ、エッセンは肉料理がメインの街。

魚介、それも貝類と珍味《ビッグクロウ》を使った料理となれば、あまり注文が入らない可能性もあり、少しだけ不安だった。

しかし、ホール担当のカフェラテ姉弟曰く、新メニューと聞いた瞬間に頼むお客さんが多いとのこと。

特に常連のお客さんは「この店のものなら何でも美味い」と言い、魚介が苦手な人を除いて全員がパエリアを頼むそうだ。

「ありがたいことだな」

俺はしみじみと呟きながら、サラダとパエリアを生成する。

「フルール」

「任せて」

まずはサラダの皿をフルールに渡し、【デザイン】で装飾してもらう。

「ん、次はパエリア」

「はいよ」

一瞬で装飾を終えた彼女に、出来立てのパエリアの皿を渡す。

「おお……！　何度見ても綺麗だな」

これまた一瞬で変貌《へんぼう》したパエリアを見て、思わず感嘆《かんたん》の声が漏れる。

「ん。パエリアは素晴らしい料理。装飾のしがいがある」

フンと鼻から息を吐き、拳を握るフルール。

今回の新メニュー追加において最も喜んだのが彼女だった。

実際、その喜びを表すように、装飾後のパエリアは全メニューの中でもトップクラスの美しさを誇る。

赤と黄二色のパプリカを中心とした、カラフルで鮮やかな一皿だ。

食べやすさの観点から貝類は剥き身にしているが、貝殻部分の黒はオーリアの実――オリーブで補っているため、全体の色味は本場のそれに近い。

「パエリアと呼んでいいかは微妙なとこだけど……」

味覚名：パエリア
要素1【スモールシェル】↓タップで調整
要素2【コモンシェル】↓タップで調整

要素3【ビッグクロウ】↓タップで調整
要素4【白身魚】↓タップで調整
要素5【パプリカ（赤）】↓タップで調整
要素6【パプリカ（黄）】↓タップで調整
要素7【オーリアの実】↓タップで調整
要素8【ライス】↓タップで調整
要素9【サフラン】↓タップで調整
要素10【特製ソース】↓タップで調整
消費魔力：1930
↓タップで【味覚チェック】
↓タップで【味覚の実体化】

【作成済みリスト】でもパエリアの名前で登録しているが、提供の際はパエリア鍋ではなくお洒落な大皿に盛っている。

特製ソースの味付けもチーズの風味を前面に出しており、前世で食べた魚介のパエリアとは印象が違う。

ライスにもある程度汁気を含ませているので、見ようによってはリゾット的な要素もある。

そのため、厳密にはパエリアというより『パエリア風』と呼ぶべきなのかもしれない。

「店長、注文票です！」

名前について考えていると、再びカフィが注文票を持ってくる。

「ありがとう。これ、二番テーブルのサラダとパエリアね」

「了解です！」

「……さて、次の注文は」

カフィが厨房を出た後、俺は注文票をチェックする。

先ほどから、立て続けにパエリアの注文が入っていた。

「まあ、名前なんて気にしても仕方ないな」

俺はなんだかおかしくなって「ふっ」と笑う。

厳密にはパエリア『風』だったとしても、大事なのはそれを頼んでくれるお客さん達がいるということだ。

この新メニューが皆から受け入れられ、「美味しい」と言ってもらえばそれでいい。

改めてありがたいことだなと思いながら、次のパエリアを生成するのだった。

◇　◆　◇

美食家ブレッド。

ギルドのレビュー板を頻繁《ひんぱん》にチェックしている者なら、必ずと言っていいほど見覚えがある名前である。

有名レビュワーの口コミには王都中の人間が注目し、レストランの趨勢《すうせい》にも影響すると言われているが、ブレッドもまたそんな有名レビュワーの一人だった。

ブレッドが有名たる所以《ゆえん》は、万を超える食経験と、それによって鍛えられた舌。

彼の舌に誤魔化《ごまか》しは利かず、どんな料理でも丸裸に暴くと言われている。

そして今日、また一つのレストランが彼のレビューの的になろうとしていた――


「……ほぅ。ここが」

エッセン二区の飲食店激戦区にて。

ブレッドは目的の店を見つけて足を止めた。

目線の先にあるロートアイアン式の看板には、『グルメの家』という手書き文字がある。

（手書きとは風変わりな店だ）

新店フェスの一件で話題となった、新進気鋭のレストラン。

遠方の用事でフェスへの参加を逃していたブレッドとしては、必ず消化しておくべき課題店の一つである。

現に店の前ではその人気を示すように数人の行列ができていた。

「次のお客様、中へどうぞ！」

並びはじめて十数分が経った頃、ようやく店内へと通される。

「こちらがメニューになります」

「ふむ……説明を頼んでもいいか？」

メニュー内容が初見の料理ばかりだったので、説明を聞きながら注文を決める。

ブレッドが頼んだのは九品。

特製カクテル、サイダー、オニオンスープ、和風サラダ、カレーライス、カルボナーラ、豚の角煮、パエリア、カスタードプリン――ドリンクとデザート以外は全て小盛にした。

一般男性にとってはかなりの分量だが、恰幅《かっぷく》の良いブレッドは〝大食いの美食家〟としても知られている。

その店について正確にレビューするためにも、なるべく多くの料理をチェックするのがブレッド流だった。

（それにしても、この店のメニューは方向性が読めないな）

無料で渡されたお冷を飲みながら、「面白い」と呟くブレッド。

たいていの場合、どこのレストランにおいてもその店一押しの〝スペシャリテ《看板料理》〟が存在する。

「一番のおすすめは何か？」と尋ねれば、待ってましたと言わんばかりに答えが返ってくるものだ。

（てっきり、『カレーライス』かと思っていたが……）

ハイレベルなフェスで二位獲得という快挙を成し遂げ、一流料理人のピルツをも唸《うな》らせたという
カレーライス。

それこそがスペシャリテだと疑っていなかったブレッドは、「全てのメニューがおすすめです」

というまさかの返しに面食らった。

これまでのブレッドの経験上、そんな大それた答えを返すのは二種類の店に絞られる。

愚《おろ》かな自信家の店か、ほんの一握りの名店かだ。

（さて、鬼が出るか蛇が出るか……）

にやりと笑うブレッドのもとに、スープとサラダが運ばれてくる。

「ほぅ……これは」

見る者が見れば一目でわかる、一流の装飾人によるデザインだ。

単なる料理の装飾だけではなく、食器にも一流のこだわりが見て取れる。

（装飾は一級品、味のほうは……）

料理の見た目に頷いたブレッドは、慣れた所作でスープをひと口飲む。

「美味い」

野菜ベースの澄《す》んだスープだが、驚くほどに味わい深い。

上品かつ濃厚な旨味があり、一つの料理として完成されている。

「サラダも美味いな」

続けて口にした和風サラダも独創的で癖になる味付けだ。

ブレッドがこれまでに食べてきたサラダの中でも、一、二位を争うクオリティの高さである。

（さて、ここからがメインだが……）

サラダとスープは間違いなく素晴らしい。

しかし肝心なのはメインの味だと、お冷で口内をリセットする。

「お待たせしました！　カレーライスです」

「おお、来たか……！」

四品頼んだメインの中で最初に来たのはカレーライス。

ブレッドが噂に聞いていた通り、ライスにソースという王都では珍しい組み合わせだ。

「では……」

ルウを一掬いして口に運んだブレッドは、口内で広がる華やかな風味を感じ取った。

（この香り……複数のスパイスを配合しているのか？）

これまでに経験したことのない、恐ろしく多層的な味わいだ。

彼の肥えた舌を以《もっ》てしても、その味の奥部は見通せない。

激しく食欲を刺激する味に、がつがつと一気に完食する。

「ふぅ」

一度ハンカチで口元を拭き、お冷で唇《くちびる》を濡《ぬ》らすブレッド。

(あのピルツが認めたのも納得の味だが……これがスペシャリテではないのか?)

店の話が本当だとすれば、他の料理の味にも同じだけの自信があるということになる。

その事実に驚きを禁じ得ない中、運ばれてきたサイダーをひと口飲む。

「……っ‼　なんだこれは……!」

『シュワシュワする飲み物』だとは聞いていたが、その刺激はブレッドが想像していた以上のものだ。

(こいつは驚いた……)

冷静な分析家としては珍しく目を見開いていると、二品目のメイン料理が運ばれてきた。

(カルボナーラ……細く伸ばした麺《めん》料理だったか。白いソースがかかっているが、おそらくはホワイトソースだろうな)

見た目から味を予想しながら、ブレッドはフォークを握る。

「……っ⁉　美味いっ!」

口にしたカルボナーラの味は、たしかに彼の予想した方向で合っていた。

方向は合っていたのだが、底知れぬ濃度の旨味とブレッドに覚えのない要素――和のテイストが彼の意表を突く。

（カルボナーラも超高水準……この店は〝本物〟だな）

『グルメの家』の料理人メグルに心中で拍手を送りながら、残っていたサイダーを飲み干す。

前菜とメイン料理だけでなく、このオリジナルドリンクも最高水準の飲み物だ。

炭酸の刺激が口内をリフレッシュさせ、爽やかで心地よい余韻《よいん》を残す。

（次に来るのは……肉料理とカクテルか。豚系統のものを選んだが、どうやって個性を出してくるのか……）

あれこれと想像を巡らせながら、料理の到着を待つブレッド。

既に一定の信頼を置き、他の料理も美味しいだろうとは思っていたが、最大の驚きはまだこの後に控えていた――

「ふぅ……肉料理も素晴らしかった」

それから数分後。

上質なカクテルを飲みながら、ブレッドは料理の余韻を楽しむ。

今しがた食べた豚の角煮もまた、彼の期待を裏切らない逸品だった。

ブレッドの経験上、豚系統の料理というのは肉感に溢れたものが多い。

例外的にあっさりとした肉質のアイスオーク等はいるが、基本的には野趣《やしゅ》に富んでおり、相応の噛み応えを楽しむものである。

しかし『グルメの家』の豚肉料理は、完全にその逆をいっていた。

豚系統とは思えない柔らかな肉質と、最上級の魔物肉にも劣らない上質な旨味。

味付けもとにかく絶品で、コク深く甘い濃厚なタレが恐ろしいほどにマッチしていた。

（この店の料理はハイレベルなだけでなく、どれも斬新な驚きを与えてくれる……）

独創性な料理を作るだけの店であれば、ブレッドはいくらでも知っている。

だが、その上で彼を満足させる店となると、一気に数が少なくなる。

ましてや、あらゆる料理が想定を上回る店など、彼にも片手で数えられるほどしかない。

（それに、このカクテルも美味い。単体でも十分ハイレベルだが、料理との相性が完璧だ。専属ソムリエの特製だと言っていたが、相当なセンスの持ち主だろうな）

目を瞑りながらカクテルを楽しんでいると、最後のメイン料理であるパエリアが運ばれてくる。

（来たか、これが……）

ゆっくりと目を開き、パエリアを観察するブレッド。

（美しい……なんて華やかな料理だ）

その美しさに息を呑みながら、お冷で口内をリセットする。

今回頼んだメインの中で、最も彼の興味を惹いたのがこのパエリアだ。

元々は事前情報によりムニエルを注文するつもりだったが、つい昨日新たな魚介メニューが追加されたと聞き、迷わずそちらを注文した。

魚以外に貝もふんだんに使われており、さらには珍味のビッグクロウまで使われた創作料理だという。

探求心に溢れたブレッドが頼まない道理はない。

さっそくスプーンを手に取った彼は、各種具材をチェックしていく。

(魚の種類は不明だが……この貝はスモールシェル……こっちがコモンシェルか。どちらも貝の中ではメジャーだな。それでこの赤い切り身がビッグクロウか……)

メニュー説明でも言われたが、まさに〝魚介尽くし〟と言うにふさわしい。

視覚的にも非常に華やかで、二種のキャプスィ——地球でいうパプリカと、オーリアの実——オリーブの実が彩りを添え、隙間に覗くライスにも薄黄色のソースが染みていた。

(見た目は間違いなく百点だが、問題はその味だ……)

パエリアの味に関して、ブレッドの内心では期待半分、恐れ半分だった。

王都エッセンにおける食の観念上、肉料理こそが王道とされがちで、魚介料理はサブ的な位置づけとされている。

淡泊な味の魚であれば取り扱うレストランも多く、コンテストのテーマ食材としても使われるが、それでも相対的な重要度は低い。

とりわけ、ビッグクロウ等の甲殻類を使う料理となると、海鮮専門のレストランでしかお目にかかれず、一部の〝海の幸好き〟だけが通ぶって食べるという風潮だ。

ブレッド自身も海の幸は嫌いではないが、それでもやはり『肉料理に比べたら……』という無意識的な線引きはあった。

パエリアを注文したのも好奇心ゆえであり、肉料理レベルの味を期待しているわけではない。

メイン料理の中で最後に運ぶよう頼んだのも、心のどこかで〝おまけ〟という考えが存在していたからだ。

「果たして……」

小さな呟きと共に、スプーンを動かすブレッド。

まずは何の魚介も掬わずライスのみを口に運び――衝撃に目を瞠《みは》った。

（なんだ⁉　この豊かな風味は……‼）

ブレッドは声にならない声を上げながら、目の前のパエリアを凝視する。

興味本位の魚介料理、それも食べたのはライスのみの部分。

小手調べのひと口だったはずが、稲妻《いなずま》のような旨味に貫かれた。

（まさか、これほどに旨味が強いとは……）

彼が感じたのは、圧倒的な〝海の旨味〟。

ほんのわずかなライスだったのにもかかわらず、大海の如き風味が口内を駆け巡った。

「もう一度……」

ブレッドは答えを探るように、再びライス部分を食べてみる。

（やはり!!　こんな濃厚な魚介のエキスは初めてだ！　海産物にありがちな臭みも一切ない！　そしてほんのりと感じるこの香りは……）

濃密な魚介の旨みと同時に、独特の風味が鼻に抜ける。

その正体はサフランの香り。

彼にとっては初めての香りだが、魚介の旨みを引き立てていることは理解できる。

（それに魚介の旨味だけではない……ほのかに感じる野菜由来の甘味と酸味、全てを調和させるチーズの風味……）

細部まで計算し尽くされた味に驚愕《きょうがく》するブレッド。

（ライスだけでこの味だ……具材のほうはどうだろう？）

そう思い、次はスモールシェルの身を食べてみる。

（美味い!!）

ぷりぷりの身を噛んだ瞬間、鮮烈な貝の旨味が爆発した。

それはもはやブレッドの知るスモールシェルではない。

スモールシェルの良い部分だけを抽出《ちゅうしゅつ》し、何倍にも濃縮したような味だ。

（ならばこちらは……）

ブレッドは頬を上気させながら、もう一つの貝・コモンシェルの身を口に放った。

（おお!!　これも美味いっ!!）

スモールシェルとはタイプの違うふっくらとした柔らかい身から、ジューシーで上品な旨味と甘味が溢れ出す。

旨味の種類もスモールシェルとは少し違うが、どちらにも甲乙つけがたい魅力がある。

(次は……ビッグクロウを食べてみようか。貝に比べると大味だがどう調理する?)

ブレッドはお冷をひと口飲むと、ビッグクロウの切り身を口に運ぶ。

「……っ⁉　美味い‼」

かっと目を見開き、思わず声が出るブレッド。

(なぜ……なぜビッグクロウがこんなにも美味くなるんだ⁉)

ビッグクロウはあくまでも珍味食材であり、興味深さや面白さこそあるものの、その味自体にさしたる価値はないとブレッドは思っていた。

(ビッグクロウにこんな活かし方があったとは……‼)

ブレッドは興奮気味に別の切り身を食べる。

たしかに身の味は淡泊だが、様々な魚介のエキスをこれでもかと吸収し、ビッグクロウ独自の融《ゆう》和《わ》を遂げている。

身の淡泊さを逆手に取ったやり方であり、それでいてビッグクロウ本来の風味もしっかり残されていた。

決して主役の具材ではないかもしれないが、最高の名脇役のような存在だ。

（白身魚も……抜群に美味い‼　程よく上品な脂《あぶら》が乗って、間違いない美味しさだ！）

ブレッドは満面の笑みを浮かべ、夢中でパエリアを食べ進める。

時折弾けるオーリアの実も絶妙なアクセントとなっており、食べる者を飽きさせない工夫が素晴らしい。

気付けば味の分析も忘れ、最後のライス一粒まで食べ切っていた。

「ふぅ」

幸せな息を吐きながらスプーンを置いたブレッドは、夢心地の中で口元を拭う。

（パエリア……なんと恐ろしい魚介料理だ）

海の幸ならではの旨味を余すところなく引き出し、肉料理とは別の方向で磨き上げられた究極《きゅうきょく》の一皿。

ブレッドはその一皿に〝魚介の真髄《しんずい》〟を見た気がした。

（まだまだ食の世界は広いな……）

グラスに残ったカクテルを飲み、口角を上げるブレッド。

自分の知らない魚介の魅力に気付かせてくれた『グルメの家』に深い感謝の念を抱く。

（グルメの家……〝美食家〟の家か。この店にふさわしい名前だ）

満足気に微笑《ほほえ》んだ彼のもとに、締めの『カスタードプリン』が運ばれてきた。

「……ふ」

プリンをひと口食べて笑みを深めた彼は、穏やかで幸せなデザートタイムを楽しむ。

——美食家ブレッドの黒手帳。

彼が感銘《かんめい》を受けたレストランのみが載っていると噂の、古びた手帳である。

この日、そんな手帳の新たな一ページに、人知れず『グルメの家』が加わった。

閑話　とある料理人の王都入り

某日、王都エッセンにて。

ある一人の料理人が揚々《ようよう》と街門を通り抜けた。

「帰ってきたぞ、王都エッセン……！」

その料理人の名はクービス。

整った顔立ちをした赤髪の男性で、年の頃は先日二十を過ぎたばかりだ。

エッセンの料理学校をトップクラスの成績で卒業した後、各地を転々と渡り歩いて腕を磨いた実力派である。

（相変わらず賑やかな場所だな、ここは）

久しぶりに見た街並みに、クービスは目を細めて笑う。

レストランの並びは大きく様変わりしているが、エッセン特有の空気感は彼の記憶のまま変わっていない。

食の激戦区に舞い戻ってきたことを実感しつつ、これからこの場所で戦っていく自分の姿を夢想する。

（そうだ……エッセン中に俺の名前を轟《とどろ》かせ、いずれは頂点に上り詰める。その時のためにできる限りの努力を積んできた）

料理人ギルドを目指しながら、気持ちを高めていくクービス。

料理学校を卒業後、そのままエッセンで修業するという選択肢《せんたくし》も彼にはあった。

だが、クービスはあえて王都を飛び出し、国内外で新しい料理の着想を得る道を選んだ。

せっかくの才能を無駄にするなと制止する者達を振り切り、自分の信念に従ったのだ。

修業の旅を続ける中で様々な苦難に見舞われたが、結果的には正しい選択をしたと思っている。

王都ではない場所の、未完成の食文化だからこそ得られた学びは少なくない。

質としてはたしかに未熟かもしれないが、オリジナリティに溢れた数々の郷土料理に出会い、それらのエッセンスを存分に吸収した。

特に、大陸から離れた島国の料理は見たことのないものばかりで、クービスの料理観をガラリと変えるきっかけとなった。

かつてとは一味も二味も違う料理人に成長できた今、クービスの選択を馬鹿にできる者など一人もいない。

（ちょっとしたトラブルもあるにはあったが……）

クービスは足を速めながら、わずかに苦い表情を浮かべる。

本来エッセンに戻ってくるのは数カ月前の予定だったのだが、予期せぬトラブルで遅れることになったのだ。

予定が狂ったのは、グーテで開かれた料理コンテストに出場した時のこと。

各地を回り独自のスタイルを確立していたクービスは、最後の仕上げとしてコンテストで優勝するつもりだった。

王都で上を目指していくには、スタートダッシュの爆発力が欠かせない。

それなりに規模が大きく、著名な人物が審査を行う料理コンテストは、王都デビューへの足掛かりに最適である。

そんな思いの中で作った、クービス渾身《こんしん》のサモナート。

緊張からわずかな味のブレが出たとはいえ、優勝は貰ったと確信できる一皿だった。

事実、それまでの十四人を超えるぶっちきりの九十点台を叩《たた》き出し、厳しいことで知られる料理評論家のレザンからも前向きな言葉を引き出した。

間違いなく勝った。王都で一躍《いちやく》時の人となり、最高のデビューを飾れる——そう喜んだ直後のことだった。

その料理人が出てきたのは。

衝撃的な満点優勝で会場を沸《わ》かせ、全てをかっさらった黒髪の男。

自らの勝利を疑っていなかったクービスは、しばらく何が起きたのか理解できなかった。

(出鼻《でばな》を挫《くじ》かれることにはなったが……まあいい)

忌《い》まわしき出来事ではあるものの、それもまた成長の糧《かて》となっている。

まさかの敗北を喫《きっ》したクービスは急遽《きゅうきょ》王都入りを延期し、近隣にあるプランゾの街で開かれた料理コンテストに出場した。

グーテのそれと同じく複数の著名人が審査し、規模の大きさも申し分ないコンテストだ。

クービスはそこで味のブレもない完璧な一皿を作り上げ、今度こそ文句なしの優勝を果たした。

(もう誰にも負けない……!)

一度は辛酸《しんさん》を嘗《な》めたが、持ち前の反骨精神で優勝を勝ち取ったクービス。

尊厳を取り戻し、満を持して王都入りした彼の瞳《ひとみ》には、とめどない野心の炎が宿っている。

(まずは物件の確保、それから……)

これからのことを考えて笑みを浮かべたクービスは、いそいそと料理人ギルドの扉を開ける。

開店前の情報収集のためでもあるが、何よりまずは自分の評判を確認したかった。

「おっ、あったあった」

ニュース関連の掲示板を見つけて、クービスは満足気に呟く。

そこには先日のコンテストで優勝を飾った彼の記事が張られてあった。

大会史上最高点タイを獲得し、六つ星に昇格した若き料理人と紹介されている。

（スタートダッシュはまずまずだな）

クービスがインタビューで語った王都進出についても言及されており、張り紙の位置も中央付近の目立つ場所だ。

王都民への印象付けは成功したと言っていい。

（このままの勢いで開店すれば、年内のランキング入りも夢じゃないぞ……！）

拳を握って意気込んでいると、視界の隅の大きな張り紙が目を引いた。

（ん？　これは何の記事だ……？）

紙の傷み具合から、少し古めの記事であることがわかる。

（まだ掲載《けいさい》されてるってことは、重要なニュースだったのか）

興味を惹かれたクービスは記事に軽く目を通す。

内容は新店フェスに関するもの。

王都でも有名な九つ星料理人のピルツが、一位に与えられるメダルの受け取りを拒否したという記事だった。

「拒否……？　一体何が――」

不思議に思って記事を読み進めたクービスは、その後に書かれていた、とある料理人の名前に目を見開く。

「メグル……メグルだと……？」

その特徴的な名前を、クービスが忘れるわけがない。

数カ月前に自分を負かした、忌まわしき黒髪の料理人だ。

敗北時の感情がフラッシュバックし、激しい動悸《どうき》が彼を襲う。

まさかという思いの中、クービスはカウンターに向かった。

「こんにちは。本日はどのようなご用件で？」

「少し聞きたいことがありまして……新店フェスに出たメグルという料理人の情報を教えてもらえますか？」

クービスはギルド嬢に尋ねる。

「メグルさんについての情報ですか？　ギルドに教えられる範囲内のことであれば……」

ギルド嬢はそう言って、いくつかの簡単な情報を教える。

「――そうですか……ありがとうございました」

一通り話を聞いたクービスは、確信と共に頷く。

詳細な情報は規制されていたが、断片的な特徴を聞くに間違いなく彼を負かした料理人だ。

「待っていろ……今に雪辱《せつじょく》を果たしてやる」

俯きがちに零した低い声は、ギルドの喧騒《けんそう》に消えていった。

第十二話　ハンバーガー祭り再び

パエリアをメニューに追加した翌週。

俺達『グルメの家』一同は、殺到するお客さんの対応に追われていた。

「注文票です！　かなり並んでるみたいなので、お客さんの数を確認してきます！」

「ありがとう、頼んだ！」

厨房を出るカフィに声をかけつつ、忙しなくスキルを使用する。

今日は開店前から並ぶお客さんがいつもより多く、注文数も非常に多い。

特にパエリアの注文率が高く、肉料理と合わせて少なめで頼むお客さんが多い印象だ。

常連客だけでなく新規客も大半がパエリアを頼むので、新店フェス後のカレーライスフィーバーを思い出す。

「店長！」

使用済みの食器を洗浄機にかけていると、外の様子を見に行ったカフィが戻ってきた。

「並びはどうだった？」

「十九組並んでます。並ぶか迷い中の人達もいたので、二十組になるかもしれません」

「二十組か……時間的にそろそろ厳しいな」

ここから一気に並ばれてしまうと困るので、今いるお客さんで並びを締め切ることにする。

「それにしても、どうしたんだろ？　偶然にしてはちょっと多いよね？」

「ん。フェスの後に近い感じ」

「そうだな。どっかで話題にでもなったか？」

体感でいえば、先週の一・五倍は客足が伸びている。

きっかけとなる何かがあるのは間違いないだろう。

一時間以上にわたり注文を捌《さば》き続け、ラストオーダーの料理を生成した後、ホールに残っていた常連の方に尋ねてみる。

「――ああ、それはたぶんブレッドさんの影響だね。食通として有名なんだけど、その人がこの店のレビューを書いたみたいなんだ」

「ああ、そういうことでしたか」

俺は常連の方の説明を聞き、なるほどと納得する。

どうやら、先日著名な人物がウチに来店し、店を絶賛するレビューを書いたらしい。

彼は前世でいうところのインフルエンサー的人物なので、そのレビューを見たお客さんが殺到したわけだ。

また、パエリアの注文率が高かったことにも件《くだん》のレビューが関係しているようである。

レビュー内では『唯一無二の魚介メニュー』としてパエリアが紹介されており、その魅力について熱く語られていたそうだ。

ただでさえ珍しい魚介料理というのも相まって、王都民達の興味を惹いたのだろうと常連の方は言っていた。

「うーん……明日以降もしばらく混みそうだし、何かしらの対策が必要か」

今日の時点でギリギリだったことを考えると、明日以降の営業に不安が残る。

店じまいの後に従業員の皆と相談し、混雑対策を講じることにした。

対策といっても特に目新しいものではなく、基本的には新店フェス後に行っていた方法と変わらない。

テーブルの半分を『相席対応テーブル』に変え、店のキャパシティ強化を図るというものだ。

シンプルな対策ではあるが、一人客が多いため効果的である。

翌日からさっそく導入し、無事に回転率が向上した。

「そうだ、ちょうどいい機会だし……」

さらにその日の夕方、俺はもう一つの対策——営業時間の延長について皆と話す。

ここ最近は魔力量が順調に増えていることもあり、一日を終えても余力が残る日が多い。

以前は魔力を回復させるツキネの神力《しんりき》の世話になっていたが、その必要もなくなっていた。

営業時間の延長自体は元より頭の片隅にあったので、これを機に実行するのもありだと思う。

ただ一つ、忘れてはいけないことが、従業員の負担である。

カフェラテ姉弟の加入で比較的楽になったとはいえ、一人あたりの仕事量は依然として多いままだ。

そこで俺が考えたのが、『午後休憩』の導入。

営業時間を延ばす代わりに一時間の休憩を設ける。

単に皆の負担を軽減させる目的もあるが、もう一つ別の目的もあった。

「今までは昼食の時間がなかっただろ？　これからは午後休憩を使って皆の昼ご飯を作ろうかなと思ってさ」

営業時間中は皆がフル稼働しているため、店じまい後の間食を除くと朝夜二食の状態が続いている。

午後休憩をとるようになれば、二食を三食に増やすことが可能だ。

仕事の昼休憩を使って来店する一部のお客さん達に配慮し、少し遅めの午後休憩とはなるが、ちゃんとした昼食をとれることには変わりない。

そう思って提案してみたところ、皆諸手《もろて》を挙げて大賛成。

営業時間の延長および午後休憩の導入が決まった。

事前告知の期間を設けるため、営業時間の変更は次の定休日明けから行うことにした。

それまでは相席テーブルのみで対応するが、一日、二日……と経過してもお客さんの数が減る気配はない。

むしろ着々とリピート客を獲得し、日毎に増えているくらいだった。

パエリアの突出した注文率も相変わらず継続中である。

「どの世界でも有名人の力ってのはすごいんだな」

「メグルのいた世界でもそうだったの？」

「ああ、こっちの世界でいうレビュー板みたいなやつがあってさ――」

閉店後、ビアと寮の簡易キッチンに来ていた俺は、地球のインフルエンサーの話をする。

ビアは地球に興味があるようなので、時折こうして向こうの話をしているのだ。

「へえ、そんな人達がいたんだ。こっちの世界の美食家達がいんふるえんさー？　のポジションなんだね」

「そうだな。今回絶賛してもらえたのも、店としては嬉しいことなんだけど……」

「これ以上お客さんが増えるのもね」

苦笑するビアに俺は頷く。

前世でもインフルエンサー効果が発揮される場面を見てきたが、効果が出すぎてしまうのも困りものだ。

相席の導入によって多少緩和されたとはいえ、お客さんの数がピークを迎える昼時の混雑はすさまじい。

営業時間を延長しても完全には分散できないので、いずれは他の対策も模索する必要があるだろう。

「売上の件もそうだけど、これも贅沢な悩みだよな」

恵まれた環境に感謝しながら、食器棚の皿を取り出す。

「じゃあ、ぼちぼち始めるか」

「うん」

俺はビアと視線を交わし、【味覚創造】を発動する。

俺達が簡易キッチンに来たのは、ちょっとした料理の試作のためだ。

正式メニューの開発以外にも、スキルの特訓と気晴らしを兼ねて試作を行う機会は多い。

ビアは手持無沙汰《てもちぶさた》だと言っていたので、味見係兼雑談相手として来てもらった。

ツキネも同じ部屋にいるのだが、今はおやつの油揚げにかかりきりのようだ。

「とりあえずは……そうだな、魚介を絡めた料理にしてみよう」

パエリアが大好評を博す中、『別の魚介料理はないのか』という声が以前よりも多く寄せられている。

次の新メニューについてはまだ何も決まっていないが、魚介料理を増やすことには俺も賛成だ。

パエリアのような完全新作の魚介料理は難しいが、既存メニューの魚介バージョンを増やすだけなら少しの手間で済む。

そんなわけでひとまず、少量のシーフードカレーを作ってみた。

「すごい！　魚介の味がルウに染みてて、いつものカレーとは全然違うよ！」

「魚介ってだけで印象が変わるよな」

数分で調整しただけなので粗《あら》は目立つが、ビアは気に入ってくれたらしい。

「他のカレーも作ってみるよ」

再びスキルを発動した俺は、プラウンマサラ――南インドの海老カレーを手早く調整する。

「こっちのカレーはすごくクリーミーだね！　さっきのやつも個性があったけど、これはもっと別物って感じがする」

「たしかに、完全に別ジャンルだな。差別化するならプラウンマサラのほうがいいか」

新メニュー候補として頭の片隅に置き、魚介料理の試作を再開する。

ビアの意見を都度確認しつつ、一時間ほど作業を続けた。

「まあまあの収穫だったな」

おおよその方向性が決まり、ビアがキッチン部屋を出た後、俺は夕食の準備に移る。

軽いノリで始めた試作だったが、いくつか良い案を得ることができた。

丁寧にブラッシュアップしていけば、二、三品はメニューに加えられそうだ。

「ただ、しばらくは様子見かな……」

現在はレビューの影響で大混雑の最中《さなか》にある。

新メニューの追加は火に油を注ぐだけになりかねない。

この状態がどれほど続くのか、もう一、二週間は静観するべきだろう。

「……キュウ？」

「お目覚めか。なんでもないよ」

「キュ……」

眠そうな目でやってきたツキネを撫でた俺は、ウィンドウを開いて夕食作りを開始した。


「――いやあ、今日も大盛況だったな」

「キュキュッ！」

その翌日。

定休日前日の営業を終え、俺は大きく伸びをする。

店の扉を施錠《せじょう》して家に戻ると、リビングで談笑する姉弟の姿があった。

「あ、店長！　お疲れ様です！」

「お疲れ様です」

「ありがとう」

俺はそう言って、テーブルに置かれたコップを見る。二人とも水を飲んでいたようだ。

「何か飲み物でも出そうか？」

「「いいんですか？」」

「もちろん。何が飲みたい？」

食い気味な二人に笑いながら、俺はそれぞれの希望を訊く。

「そうですね……私は林檎《りんご》ジュースで」

「僕は冷たい緑茶をお願いします」

「了解。すぐ作……取ってくるよ」

スキルウィンドウを開きかけた手を止めて、簡易キッチンへと向かう。

「……キュウ」

「危なかったな……気を付けないと」

苦笑いしながらツキネに返す。

姉弟との距離感が近づきつつあることもあり、自然にスキルを使うところだった。

キッチン部屋のドアをしっかりと閉め、コップに飲み物を生成する。

「うーん……今度冷蔵庫でも買いに行くか」

ビアとフルールだけだった頃はその場で飲み物を作れていたが、カフェラテ姉弟がいると話は変わる。

それに最近は料理の試作で厨房にいる時間が増え、皆が何か飲みたいと思っても近くにいない場合が多い。

自由に使える冷蔵庫をリビングに置けば便利だし、飲み物以外の軽食類やプリン等のおやつも常備できる。

「たしか……前に行った魔道具屋でいい感じの商品があったよな」

以前、洗浄機の購入で訪れたエッセン有数の魔道具屋。

店内の商品を一通り見させてもらったが、魔石稼働式の冷蔵庫も売られていた記憶がある。

ラインナップも豊富で数段階のサイズがあったので、リビングでの使用にぴったりな物もあるはずだ。

近いうちに行こうと考えながら、姉弟のもとへ飲み物を運ぶ。

「お待たせ」

「「ありがとうございます！」」

嬉しそうにコップを受け取った二人は、同じタイミングで口をつける。

「林檎ジュース、やっぱり美味しいです！　自然な甘みとほのかな酸味が絶妙で、爽やかな後味も最高です！」

「緑茶もすごいです！　他店の緑茶も飲んだことがありますが、これほど味わい深くて旨味があるものは初めてです」

目を輝かせて言うと、少しずつ飲み進めるカフィとラテ。

一気に飲むのがもったいないと思っているのか、残量を気にしている様子だ。

「おかわりの用意はいくらでもあるから、気にせず飲んでくれ」

「「本当ですか!?」」

ぱっと笑顔を咲かせた姉弟は、ゴクゴクと喉を鳴らして飲む。

「「はあ……」」

「もう一杯注《つ》いでこようか？」

満足気な息を吐くカフィ達におかわりの確認をしながら、「そうだ」と俺は手を叩く。

「今日の夕食は二人が食べたいものを作ろうか」

「私達が食べたいものですか？」

「そうそう。普段は試作料理を出すことが多いし、リクエストがあるにしてもビア達のだろ？　カフィとラテの働きぶりには助けてもらってるから、たまには二人が希望する料理を作ってやりたいと思ってさ」

「「店長……」」

「何か希望はあるか？」

そう訊くと二人は嬉しそうに考えはじめるが、なかなか決められないようだ。

猫耳と尻尾を動かしながら、「「うーん」」と顔を見合わせている。

「大きなくくりだと肉料理とか？　魚介料理も捨てがたいけど……」

「店長の魚介料理は絶品だもんね。パエリアもすごく美味しかったし」

「そうよね……でもやっぱり――」

仲良く相談する姉弟を見て、俺はおかわりを注《つ》ぎに行く。

飲み物を作ってリビングに戻ると、結論が出たらしい。

「いろいろ考えてみたんですけど、結局難しいという話になって……」

「店長の料理はどれも独創的ですし、僕達はここに来てまだ日が浅いので、どんな料理があるのかあまり知らないんです」

「たしかに……そう言われてみれば」

リクエストを出すと言っても、二人にとってはそもそもの候補料理が少ない。

となれば、姉弟に出したことのない料理を少量ずつ作るべきか……

そう考えていると、カフィが再び口を開く。

「はい。なので、ビアさん達のおすすめを聞いてみようと思います。私達よりも経験が長い二人だったら、良い料理を知ってそうだなって」

「なるほど。それは妙案だな」

そんなわけで、夕食を作る時間になり――

「え？　ボク達のおすすめ？　メグルの料理はどれも美味しいからなぁ」

「ん。いっぱいあるけど、皆違って皆良い」

リビングに来るなり姉弟におすすめを訊かれたビアとフルールは、何の料理がいいかあれこれと話し出す。

「あ！　肉ってことだったらさ、この前のハンバーガーとかはどう？　手で持って食べる料理って珍しいし、二人にとっても新鮮なんじゃないかな？」

「ん。良いアイディア。私もまた食べたい」

二人はうんうんと頷き合う。

一部フルールの希望も入っている気がするが、姉弟が食べたことがない、かつ珍しい料理ということでハンバーガーが選ばれたようだ。

先日のハンバーガー祭りは盛り上がったし、俺も良い案なのではないかと思う。

「ハンバーガー……？」

「どんな料理なんですか？」

「パンに肉を挟んだ料理だよ！」

「ん。肉汁たっぷりで美味しい」

ビアとフルールの言葉を補足する形で俺もハンバーガーの説明をする。

二人とも興味津々《きょうみしんしん》だったので、夕食はハンバーガーに決定した。

「それじゃあすぐに用意するよ」

ツキネとキッチン部屋に入って、夕食の準備を始める。

「キュッ！　キュキュウ！」

「はは、わかってるって。イナリバーガーもたくさん作るからな」

「キュウ！　キュキュッ♪」

はしゃぎ回るツキネを尻目に、スキルウィンドウを操作する。

ハンバーガーのラインナップは『チーズバーガー』、『照り焼きバーガー』、『タルタルバーガー』、『海老《ビッグクロウ》バーガー』の計四種。

前者三つはハンバーガー祭りで作ったものの流用だが、海老バーガーはこの場で調整したメニューだ。

姉弟は魚介料理も捨てがたいと悩んでいたので、どうせならばとサプライズ的に作ってみた。

ちなみに、ハンバーガーの大きさはどれもミニサイズとなっている。

カフェラテ姉弟も俺やビアと同じく一般的な胃袋の持ち主だ。

四人分のハンバーガーを作った後、例外であるフルール用のビッグサイズバーガーも生成する。

「キュキュッ！」

「はは、ツキネもだよな」

もう一匹の例外であるツキネのためにビッグサイズのイナリバーガーを生成し、それぞれのサイドメニューも作っていく。

四種のバーガーにはフライドポテト&ピクルスを、イナリバーガーには山盛り油揚げを盛り付けた。

最後にドリンクの各種炭酸を生成すれば、夕食の準備は完了。

〝第二回ハンバーガー祭り〟の幕が切って落とされた。

「すごい！　めちゃくちゃジューシーですね!!」

「まさに肉を食べてるって感じがします……！」

「でしょ？　この手で持って食べるスタイルも新鮮で面白いよね！」

「ん。種類が多いのもいい」

「キュウ♪」

皆は各々に食事を楽しんで声を弾ませる。

その光景に頬を緩めながら、俺も海老バーガーに齧り付く。

「うん、海老バーガーも美味いな。カフィとラテも気に入ったみたいでよかったよ。もし足りなかったら追加で作るから言ってくれ」

「「はい！　ありがとうございます！」」

声を揃えて笑うと、すぐさま食事に戻る姉弟。

かなり気に入ってくれたようで、食べ終えた後にチーズバーガーのおかわりを頼んでくる。

「これ、メニューに加えるつもりはないんですか？　面白いスタイルの料理ですし、お客さんへの受けもいいと思うんですけど」

「僕もそう思います。きっと皆驚きますよ」

「ん？　そうだな。深くは考えてなかったけど、少し検討してみようか」

ファストフードのイメージが強く、メニュー候補には入れていなかったが、皆の気に入りようを見ると悪くない提案だ。

実際にメニューに入れるかどうかは別にしても、ブラッシュアップを試す価値はあるだろう。

「今はジャンキーすぎるから、方向性を変えてみるか……？」

ハンバーガーの調整で意識したのは、とにかく強烈なジャンク感。

バランスに優れた既存メニューの中に入れると浮いてしまう気がするので、調和を意識してまとまり感を出していくべきか。

「いや……むしろ逆か？」

ジャンクならではの良さを今以上に前面に出し、完全に別枠のメニューとして追加するのもありかもしれない。

いずれにせよ両パターンの比較が必要なので、他の新メニュー候補と並行して一旦調整してみるべきだ。

皆がハンバーガーを食べる傍ら、俺はぼんやりと思案にふけるのだった。

第十三話　魔道具と閃き

第二回ハンバーガー祭りの翌朝。

俺はツキネ、ビア、フルールと共に魔道具屋へと向かっていた。

なぜ魔道具屋に行くかというと、昨日ふと思いついた冷蔵庫の購入のためだ。

今日は定休日なので仕事もなく、空も綺麗に晴れていたので皆で出かけることにした。

カフィとラテも誘ったのだが、実家に顔を出すとのことでついてきていない。

「ここも久しぶりに通るな」

「キュウ！」

魔道具屋があるエリアには長らく来ていなかったため、少しだけ懐かしく感じる。

そうして歩くこと約二十分、俺達は魔道具屋に到着した。

「えっと、冷蔵庫のコーナーは……」

相変わらず広い店内だが、商品の並びは以前来た時と同じようだ。

記憶を頼りに通路を進み、冷蔵庫コーナーに辿《たど》り着く。

「すごい品揃えだな」

さすが王都有数の人気魔道具屋、業務用サイズの巨大冷蔵庫からホテルで見るようなミニ冷蔵庫まで揃っている。

「リビングに置く用の冷蔵庫を買うんだよね？」

「ああ。サイズ的にこの辺にあるどれかかな」

ビア達と相談しながら一般サイズの商品をいくつか選び、それぞれのスペックを近くにいた店員に尋ねる。

「――なるほど。ありがとうございました」

店員の説明を聞いて選んだのは、省電力ならぬ省魔石タイプの冷蔵庫。

名前の通り魔石の消費量が少ない商品で、通常の物に比べると、三倍から五倍は魔石が長持ちする。

また、冷凍室付きの物を選んだため、ジェラート類の保存も可能だ。

総合的なスペックはミドルクラスとのことだが、リビングで使う冷蔵庫としてはちょうどいい商品である。

「そうだ、ついでだし……」

店員に冷蔵庫を確保してもらった俺達は、洗浄機のコーナーへ移動する。

簡易キッチンのほうには、まだ洗浄機を置いていない。

今はツキネの浄化能力に頼っているが、リビングに冷蔵庫を置くことになれば、姉弟が皿を洗う状況も出てくるはずだ。

誰が使っても楽に洗えるよう、洗浄の魔道具を設置したほうがいいだろう。

「よし、これでいいかな」

家庭用に売られている最小サイズの洗浄機を選び、先ほどの店員に渡す俺。

会計のためにレジへ向かっていると、隣のビアからトントンと肩を叩かれる。

「ねえ、前に来た時あんなのあったっけ？」

「ん？」

ビアが指で示す方向を見ると、高さは俺の腰くらいで、横幅が一・五メートルほどの黒い直方体の魔道具が置いてあった。

「……記憶にないな。新しく入荷した商品か？」

よく見ると、黒い魔道具の周りにも見覚えのない商品が置かれている。

新しいコーナーなのかと思っていると、話を聞いていた店員が声をかけてくれた。

「あの辺りにあるのは、先日入荷したばかりの商品なんです」

「なるほど。やっぱりそうなんですね」

「気になるようでしたら、会計の前に見ていかれますか？」

「そうですね……」

新手の魔道具があるかもしれないし、せっかくならチェックしておきたい。

ビア達も賛成してくれたので、少しだけ寄ってみることにする。

「今回入荷した魔道具の大半は、リース工房の商品なんですよ」

「リース工房……と言いますと？」

「王都で有名な大工房だよ」

首を傾げた俺にビアが説明してくれる。

王都には無数の魔道具工房が存在するが、その中でも特に有名な三工房を〝大工房御三家《ごさんけ》〟と呼ぶらしい。

リース工房はそんな御三家の一つで、多数の一級魔道具職人が在籍しているとのことだ。

ハイクオリティのブランドとして知られるため、贔屓《ひいき》にしているランキング上位のレストランも多いという。

「なるほど……」

ビアの話に頷いていると、店員がそれぞれの魔道具を簡単に紹介してくれる。

リース工房の特徴として、空間魔法を使った魔道具に強いというのがあるらしい。

応用が利く魔法ということで、ユニークな発想の商品が多い。

たとえば、入れたごみが消滅するごみ箱。

生命反応のない有機物を対象としており、生ごみの類《たぐい》を処理する時にぴったりだ。

便利なだけに値は張るが、俺が普通の料理人であれば垂涎《すいぜん》の商品だっただろう。

他には、内部を自動で整理してくれる食器棚。

事前に皿の並びを設定しておくと、近づけただけで綺麗に皿を配置してくれる。

皿以外の物でも登録できるそうなので、片付けが面倒な人達に需要がありそうな商品だ。

それ以外にも特大の容量を誇る魔法袋のボックス版など便利な魔道具が揃っており、ビア達と一緒に感心しきりだった。

「最後に、こちらの商品ですが――」

店員はそう言うと、ビアが最初に見つけた直方体のボックスを手で示す。

他の商品と比べても一際《ひときわ》強い存在感を放っている商品だ。

「この商品にはなんと空間魔法の中でも最高レベルと言われる技術――時間停止の機能が搭載されています」

「時間停止の機能ですか……!?」

「はい。ボックス内に入れた物の時間を完全に止めることができます」

「そんなことが……すごいですね」

魔法が存在する世界とはいえ、時間停止の魔法まであるとは驚きだ。

しげしげとボックスを見る俺に、店員は続けて説明する。

「こういったボックスにもいろいろなタイプがありますが、こちらはスイッチでオンオフを切り替えるタイプです」

常に内部の時間が止まっているわけではなく、スイッチを入れた状態でのみ機能する仕組みらしい。

スイッチをオフにしている間は魔力を消費しないため、省魔石に優れたタイプということだ。

「もちろん、普通の魔道具に比べれば消費量は多いですけどね。一時的な料理の溜め置き等、上手く使えば絶大な効果を発揮しますよ」

「たしかに……」

たとえば店の看板料理など、同じメニューが繰り返し頼まれることがわかっている場合、あらかじめボックスで保存するやり方は効果的だ。

魔石の消費を気にしないのであれば常に起動させておくことも可能だし、料理以外の物を保管する用途にも使える。

「ちなみにお値段は……？」

値札が貼られていなかったので、興味本位で尋ねてみる。

「お値段はですね……二千三百万パストとなります」

「二千三百万っ⁉　……いや、そのくらいしますよね」

一瞬驚いてしまったが、時間停止の機能を考えれば妥当《だとう》な値段だ。

店員曰く、ハイエンドタイプは一億パストを超えるということなので、時間停止機能付きとしてはむしろ安い部類と言える。

「いろいろとありがとうございました」

店員に礼を言った後、最後にもう一つ訊いてみる。

「時間停止の魔道具って結構入荷するものなんですか？」

「いえ、正直滅多にありませんね。一年に二、三度あればいいほうでしょうか」

「それは……少ないですね」

「ええ。高額とはいえ人気の魔道具ですので、工房と契約して作ってもらう方も多いんです。こうして店に卸されること自体が珍しいので、なかなか店頭には並びません」

俺達をレジに案内しながら店員は苦笑する。

店頭に並んだ場合も大抵はすぐに売れるため、あの魔道具も来週まで残っているかどうかというレベルらしい。

「珍しいものが見られたね！」

「ん。ラッキー」

「キュウ♪」

「そうだな」

ビアとフルールル、上機嫌なツキネに頷きながら支払いを済ませ、魔道具屋をあとにする。

「それでメグル、これからどうするの？」

「明日から営業時間が変わるし、料理人ギルドに報告に行きたいな。あとは……特に考えてなかった。家に帰ってもどうせ暇だし、何か適当に試作するかな。ビアとフルールも暇だったら、味見役をしてもらえるか？」

「もちろん！」

「ん！」

「はは、ありがとう」

二人のやる気に満ちた瞳に笑って返す。

カフィ達は夕方まで帰らないと言っていたので、午後はのんびり試作タイムになりそうだ。

「何を作ろうか……」

具体的な案は浮かんでいないし、昨日姉弟から提案されたハンバーガーのブラッシュアップはどうだろう？

そう考えて、ハンバーガーを脳裏に思い描いた刹那、何かを閃きそうな感覚があった。

「待てよ？　……そうか!!」

ハンバーガー……先ほどの魔道具——頭の中で細い糸が繋《つな》がっていき、ある一つの可能性に思い至る。

「……テイクアウト」

低く呟いた俺は、まだ粗削《あらけず》りなその可能性に考えを巡らせた。

「――料理を家に持ち帰る？」

料理人ギルドへの道すがら。

俺の話を聞いたビアは、不思議そうに首を傾げる。

「食べ残しを家に持ち帰るとかってこと？」

「いや、買った時点で袋に入れてもらって、家に帰った後で食べる感じかな。そういうのはあまりない？」

「あ、パン屋さんとかのスタイルだね。パンはあるかもしれないけど、他はあんまり聞かないかなぁ。屋台とかもある意味そうだけど、家に持ち帰って食べるわけじゃないし……そうだよね、フルール？」

「ん。珍しいと思う」

「なるほどなぁ」

俺は二人の話を聞いて、エッセンのテイクアウト事情を把握する。

パン屋はテイクアウトが基本となるが、それ以外の店では店内飲食が主流らしい。

家で食べる場合は自炊《じすい》が一般的であり、料理をしない人間は基本的に外食で済ませる。

ファストフード店のように手軽に食べられる料理を出すレストランもあるが、そういう店でもテイクアウトは行っていないそうだ。

持ち帰り専用の料理を作るという発想自体が珍しいということで、二人とも強い興味を示していた。

「ところでさ、なんでまた急に思いついたの？」

「さっき時間停止の魔道具を見ただろ？　あの箱の中に、あらかじめ作っておいたハンバーガーを入れたら……と思ってさ。あの料理は持ち運びに向いてるからな」

作り置きしたハンバーガーをテイクアウト用に保存して、注文が入ったらボックスから出して販売する。

そうすれば効率的にお客さんを捌けるし、事前に商品を生成するので魔力の消費機会も分散させられる。

「そっか！　たしかにそれなら、少ない人数でも回せるかもね」

「ん。持ち帰る人が増えれば、混雑も緩和できる」

「そう。それがこの案のポイントなんだ」

レビューの影響による混雑問題。

先日から悩まされているこの件に関しても、テイクアウトの導入は有効だ。

店内飲食の並びとは別にテイクアウト用の並びを設けることで、お客さん達を分散させることができる。

無論、それだけ新規客も増えるので行列が減るとは限らないが、料理を届けられるお客さんの総数が増えることは確実だ。

そのメリットがあるだけでも、テイクアウトはぜひ導入したい。

「でもさ……それってつまり、さっきの魔道具を買うってこと？」

「ん。二千三百万パスト、安くない」

「まあな。突発的な思いつきだし、買うと決めたわけではないんだけど……」

「キュ？」

肩でくつろいでいたツキネを撫で、腕組みをする俺。

テイクアウト……試してみる価値はあるが、フルールが言うように二千三百万は安くない。

それに、仮に魔道具がなくてもテイクアウト自体は可能なのだ。

購入が必須なわけではないので、即決するには勇気が要る。

「ただなぁ……あのボックスがあるかどうかで効率がだいぶ違うからな」

魔道具なしでテイクアウトを行う場合、前世のファストフード店のように注文を受けて作る形となる。

それだと魔力の使用を分散させられないし、お客さんを捌くペースも落ちるだろう。

また、時間停止機能というのはそれだけで破格の価値がある。

テイクアウトと切り離したとしても、何かと有用な魔道具であることは間違いない。

「一旦魔道具屋に戻ってみる？」

「いや……もうギルドのほうが近いし、とりあえず営業時間の件を伝えに行こう」

俺達はそのまま料理人ギルドへと行き、明日から営業時間を延長する旨を伝える。

その間も頭の隅では魔道具の件が燻《くすぶ》っており、ギルドを出た後再び俺は腕を組んだ。

「二千三百万パスト……予算的には全然買える額なんだよな」

最近は特に売上の調子が良く、引き出しの貯蓄は額を増していく一方だ。

必要な投資は積極的に行うべきだという考えに基づけば、魔道具購入の一択となる。

「……よし、決めた。あの魔道具が入荷されていたのも何かの縁だ」

「メグル、それじゃあ……！」

「ああ。魔道具屋に戻ろう」

そうして俺達は、足早に魔道具屋を目指すのだった。


「「に、二千三百万パスト⁉」」

その日の夕方のこと。

実家から戻ってきたカフェラテ姉弟は、リビングに置かれたボックスを見ながら唖然《あぜん》とした表情を浮かべる。

「さすが時間停止機能付きの魔道具ですね……！」

「存在は知っていましたが……本物を見たのは初めてです」

「魔道具屋に行ったら偶然入荷されててな。絶好の機会だと思って買ったんだ」

あの後、早足で魔道具屋に戻った俺達は、無事に残っていた魔道具の購入契約を結んだ。

支払いは後日でもいいと言われたが、不足分の現金を商人ギルドで下ろし、即日で引き渡してもらった。

そのことをカソィ達に話した後、魔道具の用途――テイクアウトの件についても伝える。

「なるほど！　料理の持ち帰りですか」

「面白い考えですね」

姉弟はビア達同様、テイクアウトの構想に興味を示す。

「いつから始める予定なんですか？」

「そうだな……ハンバーガーのブラッシュアップが順調にいけば数日以内……遅くとも十日以内には準備ができてると思う。とはいえ、具体的な売り方とか流れとかはまだノープランだから、その辺は要相談だけどな」

現在は姉弟がホールを回している状態なので、テイクアウト分の注文にどう対処するかが最大の懸案《けんあん》事項である。

俺達は夕食をとった後、どんな形式を採用するべきか話し合う。

「――オーケー、とりあえずはその形でやってみようか」

話し合いの中で出た結論は、お試しテイクアウトの導入。

まずは混雑の激しい昼時限定でテイクアウトを取り入れてみて、問題がないか判断する作戦だ。

テイクアウトの注文は専用に設けた窓口で受け付け、姉弟のどちらかが対応する。

そうなるとホールを担当できるのも一人だけになるわけだが、カフィ曰く「今の広さなら問題ありません！」とのこと。ラテも彼女に同意しており、本当に心強い姉弟である。

「キュキュッ!!」

「ああ、そうだな。ツキネにもサポートを頼むよ」

また、かつて少しだけ行っていた、ツキネに注文票を渡せるシステムも復活させることにした。

ツキネもやる気満々なので、姉弟の負担軽減に一役買ってくれるだろう。

「——まあ、大体はそんなところかな。細かい部分については明日以降にまた話し合おう」

俺は皆との話し合いを終え、その足でキッチン部屋へと向かう。

テイクアウトを始めるためには、何よりもまず、ハンバーガーの完成が欠かせない。

まだ胃袋に余裕のあるツキネ&フルールを味見役に、急ピッチで調整を進めるつもりだ。

「それじゃ、調整していきますか」

「キュウッ！」

「ん！」

二人と一匹で気合を入れた俺達は、テイクアウトに向けた調整を始めるのだった。

閑話　カフィとラテの会話

『グルメの家』のホール担当、カフィとラテ。

猫獣人特有の高い身体能力と意思疎通のスキル【テレパシー】を駆使《くし》して仕事をこなす超人姉弟だ。

その働きぶりはメグル達も舌を巻くほどのものであったが、驚いていたのは彼らだけではない。

カフィとラテもまた、革新的な出来事の数々に驚愕する日々が続いている。


「――姉さん、まだ起きてる？」

メグルが魔道具屋に立ち寄り、テイクアウトを思いついた日の夜。

仰向けで横になるカフィの耳が、聞き慣れた弟の声を拾った。

「ん……起きてるけど、どうしたの？」

「ちょっと目が冴《さ》えちゃって。店長達も二階に上がったみたいだし、リビングで何か飲もうと思ってね」

「……乗ったわ」

笑みを浮かべて部屋を出たカフィは、ラテと一緒にリビングへ行く。

設置されたばかりの冷蔵庫から各々の好きな飲み物を選び、自分達のコップに注いだ。

「姉さんはまた林檎ジュース？」

「そうよ。ラテは緑茶でしょ？」

カフィは林檎ジュース、ラテは緑茶がそれぞれお気に入りだ。

向かい合う形で椅子に座った二人は、静かに最高の飲み物を堪能する。

しばらく無言の時間が続いた後、カフィがおもむろに口を開いた。

「少し前までは……ここで働くなんて思ってもみなかった」

「……そうだね」

ラテはコップを置いてしみじみと答える。

「カレーライスを食べてた時は想像もしてなかったよ」

「そうね。あれからもう三カ月かぁ……」

「うん……」

姉弟は天井を見上げながら、全ての始まりとなった新店フェスを思い出す。

高ランク料理人の一皿を求めてやってきた姉弟に、横合いから強烈な衝撃を与えた『カレーライス』。

その未知にして究極の美味しさは、二人の舌と記憶に刻み込まれた。

ひと口目を食べた瞬間の衝撃は、今も昨日のように思い出せる。

「あの一皿で魅了されちゃったよね」

「そうね。で、本店に行って……」

「完全にファンになった」

姉弟は互いに笑い合うと、それぞれにジュースとお茶を飲む。

新店フェスで『グルメの家』に興味を持った姉弟は、その後訪れた本店で二度目の衝撃を味わった。

ビーフシチューとチキン南蛮。

せっかくなら新しい料理を、と何気なしに頼んだ二品は、奇跡の料理だと思っていたカレーライスに匹敵《ひってき》する味だった。

そうしてすっかり『グルメの家』の虜《とりこ》になった二人だったが、時を同じくして祖父母のレストランが閉店。

ホールスタッフとして働いていたカフィ達は、次の職を探さなければいけなくなった。

「あのタイミングで求人情報が出たのは、今考えても奇跡にしか思えないわ」

「本当にね。それにまさか、採用してもらえるなんて」

料理人ギルドの掲示板で偶然見つけた、『グルメの家』の求人情報。

その場でまさか……と顔を見合わせ、勢いのままに応募した姉弟だったが、応募倍率の高さからして採用への望みは薄かった。

運よく漕《こ》ぎつけた面接を経て、採用通知が届いた時は、物静かなラテでさえ柄にもなく小躍《こおど》りしたほどだ。

それから先はとんとん拍子に雇用契約が結ばれて、予定にはなかった入寮も決定。

この入寮の選択は大正解だったと、常々二人は実感している。

「ほんと入寮してよかったわよね。もし断っていたらと思うと……」

「恐ろしいね……」

二人が何よりも楽しみしている時間、それが朝食と夕食の時間だ。

店長のメグルが作る料理はどれも絶品で、未知の驚きと創造性に溢れている。

実家が近いため入寮は必須ではないのだが、この一日二回の体験だけでも十二分に入寮の価値があった。

「それにしても、店長って本当に何者なのかしら？」

「本当に謎だよね。どの料理も斬新《ざんしん》だし、クオリティの高さも信じられないし」

『グルメの家』の店長メグルとは、一体何者なのか。

これは姉弟が店で働きはじめて以来、既に何度も上がっている話題だ。

〝王都から遥か遠く離れたところにある、名前もないような村の出身〟。

メグルの素性について姉弟はそのように聞いているが、にわかには信じがたい話だった。

一応、知らない料理ばかりを作る理由としては納得できる。しかしそれはそれとして、ほぼ毎日のように朝食と夕食で異なる料理を出し続け、それら全てが正規メニューにも劣らぬクオリティというのは尋常《じんじょう》ではない。

他人には言えない何かしらの事情があるのだろうと、姉弟はなんとなく察していた。

「料理のクオリティもそうだけど、調理スピードと体力もとんでもないわ」

「たしかにね。十つ星以上の超高ランク料理人でも、店長と同じ事ができる人なんていないんじゃないかな？」

姉弟が衝撃を受けていたのは、料理のクオリティだけではない。

大抵の人気レストランでは調理補助のスタッフを雇うものだが、『グルメの家』の調理担当はシェフであるメグル一人のみ。

メニューの種類も比較的多く、ひっきりなしに注文が入る環境の中で、さして疲れた様子もなく注文を捌いている。

「休むどころか、もっとお客さんを入れようと考えてるからね。営業終わりには新メニューの開発もしてるみたいだし」

「底が知れないわね」

そう言って苦笑するラテとカフィ。

「ねえ、もう一杯飲まない？」

林檎ジュースを飲み終わったカフィがラテに言う。

ラテも同じ提案をするつもりだったので頷き、二人で一緒に席を立つ。

カフィは一杯目と同じ林檎ジュース、ラテは気分転換にアイスティーを注ぎ、再びテーブルに戻る。

「そういえば前にも話したけど、店の待遇もすごくいいわよね」

二杯目の林檎ジュースをひと口飲み、カフィが話を切り出す。

「そうだね。給料は高いし、寮費は安いし」

「うん。おじいちゃん達の店以外はあまり知らないけど、滅多にない好待遇だってことだけはわかるわ」

他店に比べて営業時間が短めなこと、二人がまだ新参者であることを考えると、給料はかなりの高水準といえる。

借りている部屋も十分に広く、立派な家具が揃っているため、生活環境も最高水準だ。

何より絶品の食事付きであり、寮費のコスパがあまりにも良すぎる。

「今日設置してくれた冷蔵庫もすごいよね。自由に飲食していいなんてさ」

「そうね。こんな太っ腹なところ他にあると思う？」

「滅多にないんじゃない？　太っ腹と言えば、時間停止機能付きの魔道具もびっくりする値段だったよね」

ラテは苦笑いを浮かべながら、部屋の隅に置かれたボックスを見る。

「二千三百万パスト……だったっけ。そんな額の買い物を即決できるなんて」

「ほんと……ますます店長の素性《すじょう》がわからなくなったわ」

カフィはそう言って首を横に振る。

『グルメの家』は移転前の期間を含めて、開店から三カ月ほどしか経っていない。

メニューの多さから仕入れ値も高くなるはずだが、そんな中でも金銭的余裕があるのは驚きだ。

「実は他国の貴族の生まれとか？」

「あるいは、大商会の息子とかかな」

「いっそのこと、実はこの世界の人間じゃなかったりして」

「うん、それでも驚かないかも」

姉弟は和気藹々《わきあいあい》とメグルの素性を考察する。

「店長が只者じゃないのは確実だけど、ビアさん達もすごいわよね」

「だね。店長の陰に隠れてるけど、すごい人達だと思う」

メグルと地方で知り合い、『グルメの家』オープン当初から従業員だったというビア。

『バッカス出身で酒に詳しい』という曖昧《あいまい》な情報しか聞いていないが、そのソムリエとしての実力の高さは姉弟もひしひしと感じていた。

どんな料理にも即興《そっきょう》で最適なカクテルを作り、お客さん達の満足度は驚異の百パーセントを誇る。

「酒の国バッカス出身だし、お酒関連の家で育ったのかもしれないけど……」

「本人に抜きんでた才能がないと、あんな芸当は不可能よね」

ひとしきりビアのすごさを語った後、話題は次の人物に移る。

「ビアさんもすごいけど、フルールさんの装飾技術もやばいよね。やっぱり彼女って……」

「そうね、たぶん……」

『グルメの家』の装飾担当、フルール。

開店時から働いていたビアとは違い、途中から雇ったという話だが、そんな彼女の正体に姉弟は思い当たる節があった。

というのも、祖父母の店に在籍していた腕利きの装飾人から、とある噂を聞いていたのだ。

変わり者の装飾人――数多《あまた》のレストランから勧誘を受けたにもかかわらず、装飾意欲が湧《わ》いてこないと全てを断った若き天才。

その者を雇えるレストランはついぞ出ないと思われていたが、ある一人の料理人がふらりと訪れ、あっさり引き抜いてしまった、と。

その噂で聞いた装飾人の年齢や入店時期、自由奔放《じゆうほんぽう》な性格等は、フルールのそれと合致していた。

「変わり者の装飾人……可能性はかなり高いよね。店長の料理は装飾意欲が湧いてくるってよく言ってるし」

「そうね。仮に違ったとしても、天才的な装飾センスを持ってるのは間違いないわ」

「どの装飾も一流店のレベルだもんね」

姉弟は納得するように頷き合う。

互いにひと口ずつドリンクを飲んだ後、ラテが静かに口を開いた。

「それと、ツキネのことだけどさ……」

レストランのマスコットとして皆から愛されているツキネ。

王都までの道中にメグルが拾い、すっかり懐かれてしまったという話だ。

「真っ白な狐なんて見たことないし、人間なんじゃと思うくらい賢いよね。それに時折、神聖《しんせい》な雰囲気を感じるというか……」

「やっぱりラテも感じる？　私もそうなのよね」

神聖な、というラテの言葉にカフィが反応する。

姉弟がツキネに感じている神聖さは、ツキネが秘めた神力《しんりき》由来のものだった。

一般の人間が感じられるものではないのだが、歴戦の戦士や獣人のように感覚の鋭い種族の中には感じ取れる者も存在する。

それが神力であることなど二人には知る由《よし》もなかったが、ツキネが普通ではないということは本能的に察していた。

「店長、ビアさん、フルールさん……それにツキネも。こうして考えると、すごい人達が集まった店よね」

「そうだね……」

姉弟は同時にコップを傾け、「「ふぅ……」」と短い息を吐いた。

奇跡のような店で働けているという事実を、幸せな味と共に噛みしめる。

「話してるとお腹が空いてきたわ。冷蔵庫のプリンか何か食べない？」

「いいね。食べようか」

冷蔵庫にはドリンクの他にも、プリンやジェラート等が入っている。

『好きな時に好きなように食べていい』と言われているデザートだ。

「こんな時間に甘いものを食べられるなんて、本当贅沢よね」

「うん、店長様様だね」

冷蔵庫からプリンを出して、笑みを浮かべ合うカフィとラテ。

「これからも働けるよう頑張らなきゃ」

「そうだね、姉さん」

それから姉弟は、プリンを食べつつこの先のことを語り合う。

午後休憩が増えること、昼食の時間ができること、お試しテイクアウトのこと……

仲睦《なかむつ》まじく笑い合いながら、和やかな一時《ひととき》を過ごすのだった。

第十四話　テイクアウト

時間停止の魔道具を買った翌日、『グルメの家』は予定通りに午後休憩を導入した。

お客さんの数がピークとなる昼の時間帯が終わった後、一時間の休憩を挟んで昼食をとる時間にする。

全体的な営業時間も延びるため、お客さんの反応も上々だった。

今後は少し遅めの時間に来ると言う常連の方々もいて、わずかではあるが混雑緩和の一助となってくれている。

そうして、午後休憩の導入から三日目のこと。

ハンバーガーの調整を含めた諸々の準備が完了し、〝お試しテイクアウト〟を始められる環境が整った。

「——店長、そろそろピークの時間です！」

「了解。それじゃあ始めるか」

カフィに声をかけられた俺は、スキルウィンドウを閉じてホールに出る。

「キュキュッ!!」

「ツキネ！　そろそろなんだけど頼んでもいいか？」

「キュウッ！」

前脚を上げて元気に鳴くツキネ。

テイクアウトを行う間はツキネもホールの仕事を手伝うことになっている。

「キュキュ！」

「おお、頑張ろうな」

張り切るツキネを鼓舞していると、ラテが駆け足でやってきた。

「店長、いよいよですね」

「ああ。テイクアウト窓口はどっちが担当するんだ？」

「今日はとりあえず僕がやってみます」

「そうか。初めての業務だし、何かあればすぐに来てくれ」

「はい、頑張ります……！」

「ほどほどにな」

頭を下げて離れるラテに俺は手を振る。

役割の振り分けはホール経験の長い姉弟自身に任せていたが、初日はラテがテイクアウトを担当するらしい。

上手くいきますようにと祈りながら厨房に戻り、料理の生成を再開した。

「あ、テイクアウト始まった？」

「ちょうど今な。ラテが小窓のほうに行ったよ」

俺はビアにそう言って、入り口方向の壁を目で示す。

小窓というのは、テイクアウト用に作成した受付のこと。

イメージとしては、地球にあったファストフード店のドライブスルー、あるいは持ち帰り専用の窓口が近いだろうか。

店内に受付を作ると場所を取るし、なによりお客さんが混乱しかねない。ということで、正面扉から入って右の空きスペースに時間停止の魔道具を置き、外に繋がる小窓タイプのカウンターを新設したのだ。

店内飲食は正面扉の前、テイクアウトは小窓の前に並ぶ形式となるので、どちらのお客さんか一目でわかり捌きやすい。

二つの並びに混乱する人も一定数出てくるだろうが、そちらは店の前の案内板と定期的な声かけで対応していく。

また、店内の隅に置かれた時間停止の魔道具については、周囲にツキネの結界を張ってもらっている。

関係者以外は手を触れられないので、セキュリティ面は問題ない。

ツキネの力を知らないカフィとラテには、防犯用の魔道具を設置したと伝えてあった。

「さて、混雑の緩和に繋《つな》がればいいけど……」

ボックス内に用意しているハンバーガーの数は五十。

魔力量的にはもう少し作れたが、初日ということでこの数にしている。

まずは五十個でどれだけの効果があるかを見て、明日以降の個数を判断したい。

「店長、注文票です！　それと、外の行列ですが……」

注文をこなしつつ考え事にふけっていると、注文票を持ってきたカフィが行列の様子を伝えてくれる。

「常連客とリピート客の方々がテイクアウトに興味を持ったみたいです。店内飲食の列の一部がテイクアウトの列に流れました」

「おお、よかった。また外を見る機会があったら報告してもらっていいか？」

「もちろんです！」

「助かるよ。ホールのほうは大丈夫か？」

「はい！　ツキネも働いてくれてますし、いつも通りに回せそうです！」

「了解。途中でキツくなったら言ってくれ」

「わかりました！」

厨房を飛び出すカフィを見ながら、俺は額の汗を拭う。

「ふぅ……とりあえずは上手くいってるみたいだな」

お試しテイクアウトは功を奏《そう》して行列を分散させたようだ。

その後も大きな問題はないまま、順調に店は回っていく。

予想よりも早くハンバーガーが完売し、追加で十個のハンバーガーを作るプチトラブルは起きたものの、初日としては希望の見える結果となった。


初日からまずまずの成果を上げたテイクアウト。

二日目、三日目もその効果を発揮し、行列の分散に貢献《こうけん》した。

そして四日目――定休日明けとなるタイミングで、俺はさらなる一手を打つことに。

ハンバーガー一本だったテイクアウトメニューにバタークッキーを追加したのだ。

言わずと知れた『グルメの家』の人気スイーツだが、持ち帰りやすさと保存のしやすさはテイクアウトに向いている。

実際、この判断は正しかったらしく、スイーツを食べに来たお客さんの一部がテイクアウトに流れてくれた。

高まりつつあるハンバーガーの人気と合わせて、かなりの行列分散効果がある。

「ただ、問題がないわけでもないんだよなぁ……」

テイクアウト開始から七日目、閉店後の厨房で俺は呟く。

「テイクアウト日的の人が増えたもんね」

「ん。両方並ぶ人もいる」

「ああ。最初から予想はしてたし、全体で考えれば混雑も緩和されたんだけど」

テイクアウトに流れるお客さんが増えたのはいいが、それ相応に新規客も増えている。

なにせ料理の持ち帰りという王都では珍しい制度だ。

面白いシステムがあるという噂を聞きつけてくるお客さんも多く、急激に混雑が緩和されるわけではない。

「テイクアウトの時間帯を延ばすにしてもな……」

フルタイムでのテイクアウトにはまだ魔力量が足りないし、長時間窓口で対応し続けるのは姉弟にとっても苦痛だろう。

当面は一人あたりの購入個数制限等で対応しつつ、様子見を続けていくのが安全か。

場合によっては、もう一人別の従業員を雇うことも考えている。

いずれにせよ、全体で見れば状況は改善されているので、良い流れに乗りはじめていることは確かだ。

変に事を急がず、着実に前進すればいい。

そんな風に考えていると、隅で寝ていたツキネが目を覚まして短く鳴いた。

「キュウッ！」

「ん？　来客か？」

どうやら誰かが店の前に立っているということらしい。

一瞬フレジェさんかと思ったが、ツキネの様子からして彼女ではないし、砂糖の受け取りにしては時期が早すぎる。

誰だろうと首を傾げた直後、甲高い鐘の音が響く。

訪問者がドアを開けた音だ。

「はいはーい…………どちら様ですか？」

厨房を出た俺が見たのは、険しい表情をした赤髪の男性。

どこかで会ったような気もするが、すぐには思い出せない。

「……っ‼　見つけたぞ……！」

俺を見た男性はさらに表情を険しくすると、懐から何かを取り出しながら近づいてきた。

「キュウッ！」

背後からビア達の足音が聞こえ、ツキネが警戒するように前に出る。

俺も思わず身構えたが、男性はふと足を止めて何かを地面に投げつけた。

「……コック帽？」

ずしゃっと乾いた音を立て、足元に滑り込んできたのは白いコック帽。

「キュウ？」

ツキネが動く気配がないため、危険物ではないようだ。

「えっと……」

俺は男性の目的がわからず困惑する。

ふと見れば彼の視線がコック帽に向いていたので、何なんだ……と思いながらも腰を落として手を伸ばした。

「あっ、拾ったら……！」

直後、慌てるようなビアの声が聞こえたが、その時にはもう遅い。

俺は既にコック帽を拾っている。

それを見た男性はにやりと笑い、静かに口を開いた。

「——決闘成立だ」

「……え？　決闘成立？」

言われたことの意味がわからず、俺は男性に訊き返す。

「それを拾ったってことは、俺との決闘を受け入れたってことだろ？　まさか今さら破棄《はき》するつもりか？」

「え？　いや……」

突然の事態に頭が回らないが、不用意にコック帽を拾ったのがまずかったらしい。

ビア達のほうを振り返ると苦い表情で頷いたので、決闘が成立したというのは事実みたいだ。

「まじか……」

何やら面倒なことになってしまったと思っていると、男性が訝《いぶか》し気な視線を向けてくる。

「アンタ……その様子じゃ、俺のことを覚えてないな？」

「えっと……たしかどこかで……」

「アンタが優勝したグーテの料理コンテストだ。俺もあのコンテストに出場していた」

「え……あの時のコンテストに？」

道理でどこか見覚えがあったわけだ。

一人で納得していると、後ろのビアが「あっ！」と声を上げる。

「この人、メグルの一つ前に出場してた人じゃないかな？」

「俺の一つ前？　ってことは……そうか、準優勝の……」

一つ前――十五番目の料理人がそれまでの最高点を叩き出し、会場が大いに盛り上がったことは覚えている。

「そうだ。俺は六つ星料理人のクービス。グーテの料理コンテストではアンタの優勝に霞《かす》んだけどな」

男性改めクービスさんは、自嘲《じちょう》気味に笑って言った。

「アンタに負けたあの悔しさは今でも忘れない――」

再び険しい表情を浮かべながら、コンテスト後の経緯を語りはじめる。

九十点という高得点を獲得したにもかかわらずまさかの敗北を喫した彼は、予定していた王都への帰還をキャンセルし、急遽別のコンテストに参加したらしい。

その大会で無事に優勝、念願だった六つ星への昇格も果たし、一度は前向きな気持ちに切り替えたそうだ。

しかし、その後訪れた王都の掲示板で、俺の名前を見つけてしまった。

「……絶好のチャンスだと思ったよ。アンタという過去の壁を乗り越え、次のステージに進むためのな」

俺との決闘を望んだ彼は、すぐにこちらの情報を調べた。

店の所在地と営業時間を把握し、こうして乗り込んできたわけだ。

「決闘の目的はただ一つ、アンタと勝負することだけだ。それ以外には何も求めていない」

「それ以外……というと？」

「俺が決闘に勝っても、特に要求はしないってことだ。もちろん、決闘に負けた場合は金でも何でも払ってやる」

「いや、別にそんなつもりは……」

「あとは決闘の内容だが、これについては後日決めたい。俺はひとまず宿を取る必要があるからな。明日の営業終わりにまた訪ねてもいいか？」

「え？　まあ、特に予定はないけど……」

「では、また明日ここに来よう。決闘を受けてくれたことに感謝する」

「いや……その、まだ話が……」

怒涛《どとう》の勢いで話を進めたクービスさんは、制止する間もなく店を去ってしまう。

俺達が呆然と立ち尽くす中、扉の鐘がカラカラと乾いた音を鳴らした。

「はあ……大変なことになったな」

「キュウ……」

その日の夜。

ツキネを両腕で抱えた俺は、ベッドに座って盛大な溜め息をつく。

「まさか、あれで決闘が成立するなんて……迂闊《うかつ》だった」

中世のヨーロッパでは手袋を投げて決闘を申し込むとどこかで聞いた覚えがあるが、それのコック帽版といったところか。

コック帽にはよく見ると剣のマークが描かれており、決闘のための特殊仕様であることがわかった。

拾わなければ決闘は成立しないそうなので、完全に俺の判断ミスだった。

「決闘ねぇ……」

「キュウ……」

もう一度溜め息をつきつつ、あの後ビア達から聞いた話を思い出す。

皆が言うに、この決闘の正式名称は〝料理決闘〟。

コック帽を投げられたことやクービスさんの話から察してはいたが、剣を使った果し合いの決闘とは別物である。

料理決闘という呼び名の通り、両者が作った料理の味で勝負するわけだ。

また、料理決闘とひと口に言ってもその方式は多岐《たき》にわたる。

互いに相手の料理をジャッジする私的な料理対決もあれば、料理人ギルド等を介した公的な決闘もあり、規模もまちまちということらしい。

そして今回、クービスさんが求めているのは公的な決闘だろうとのこと。

コック帽を投げるというのは決闘の申し込みの中でも強気な方法で、白黒はっきりさせたいという意思の表れなのだそうだ。

そのため、プロの審査員をギルドに派遣してもらい、中立な立場から双方の料理をジャッジしてもらうギルド決闘――正式に料理人の上下がわかれる対決を望んでいるはずだ、と。

ちなみに、決闘に関するその他の事項――テーマ料理や使用食材、調理時間等については特にオフィシャルなルールが存在せず、決闘を行う当事者同士で話し合うのが普通らしい。

クービスさんはまた明日来ると言っていたので、テーマ料理等の詳細決めはその時に行うことになる。

「我ながらお人好《ひとよ》しな気もするけど……やるしかないよなぁ」

「キュウ……」

一応ビア達の話によると、今回の決闘成立はあくまで個人間の話。

公的な強制力があるかといえば、現時点ではそうではないという。

俺の無知ゆえに起きた事故のような決闘成立だし、俺が決闘の破棄を望めばクービスさんも断れないはずだと言っていた。

しかし、あの時点でどうにか制止していたのならまだしも、今さらなかったことにするのも気が引ける。

負けた場合も何も要求はされないようだし、俺との決闘を望むクービスさんの気持ちを思うと、やはり応じるべきだと感じるのだ。

破棄したら破棄したで、また後日突っかかられそうだというのもあるが……

「それに……」

「キュウ？」

ツキネの頭を撫でた俺は、暗くなった窓の外を見る。

予期せぬ決闘を面倒に思う部分はもちろんあるが、異世界ならではの料理対決に興味を惹かれる自分もいるのだ。

ある意味でこれは成長の機会であり、全てが無駄なわけではない。

拳を握り立ち上がった俺は、眠りにつくべく部屋の明かりを消すのだった。

第十五話　卵料理と鶏肉料理

「——待たせたな」

翌日の営業終わり、クービスさんは宣言通りにやってきた。

ビア達が言っていたように、公的な決闘を望んでいるらしい。

俺達は一、二分ほど話をした後、料理人ギルドへと向かう。

公的な決闘の内容決めと審査員の派遣依頼のためだ。

「こちらからふっかけた決闘だ。審査員の派遣代は全額俺が負担する」

「えっと……ありがとうございます」

ギルドまでの道中、唐突に口を開いたクービスさんに小声で返す。

まだクービスさんとの適切な距離感が掴み切れず、ぎこちない空気が漂っている。

「礼は不要だ。俺の我儘《わがまま》だからな」

それだけ言うと、再び無言になるクービスさん。

いきなり店に乗り込んできた時は不躾《ぶしつけ》な人だと思ったが、基本的に根は真面目なようだ。思い返せば、店に来たのも閉店後のことだったしな。

コンテストでの敗北があまりにも悔しく、居ても立ってもいられなくなっただけなのだろう。

「キュウ……！」

「まあまあ、そんなに悪い人じゃないみたいだよ」

俺は苦笑しながら、不機嫌そうなツキネを撫でる。

昨日の印象が最悪だったからか、ツキネは彼を心底嫌っているらしい。

そんなツキネを宥《なだ》めながら歩くこと数分、料理人ギルドに到着した。

「決闘用のカウンターはあっちだ」

「あ……はい」

俺は言われるがままにあとをついていく。

カウンターに到着し、クービスさんが事情を手短に説明すると、ギルド嬢は慣れた様子で相槌を打つ。

「承知いたしました。決闘の詳細はこの場で決めていかれますか？」

「お願いします」

そうして俺とクービスさんは、ギルド嬢を交えて決闘内容の擦り合わせを開始した。


「――じゃあな。また来週……決闘の日に」

「はい……それではまた」

ギルド前でクービスさんと別れた俺は、赤みを帯びつつある空の下で帰路につく。

決闘の詳細決めは、十五分もかからずに終わった。

長期戦も覚悟していたが、クービスさんが俺の意見をすんなりと受け入れてくれたので、思いの外《ほか》あっさりと決まった形だ。

「テーマは『コケコ』って……どう考えてもニワトリだよな」

決闘内容の中でも重要なのがテーマ料理だが、クービスさんの提案によって『コケコ料理』ということになった。

コケコというのは家畜化もされているメジャーな鳥で、どこでも簡単に手に入る食材だという。

一般的な食材だからこそ料理人の技量が表れやすく、決闘のテーマにもよく使われているのだそうだ。

今回はそんなコケコについて、肉と卵をそれぞれメインに据えた二品を作ることになっている。

単品の場合よりも多面的なジャッジが可能であり、素材を活かす力が測りやすいというクービスさんの考えからだ。

コケコを使うことへの異論は特になかったため、テーマ回りの取り決めは全て彼の意見に従っている。

次に料理のジャッジ方法であるが、三人の審査員がギルドから派遣され、どちらの料理が優れているか判断する。

コンテストのような採点方式ではなく、各審査員がどちらかの料理人を選ぶため、必ず勝敗が決するシステムだ。

そして決闘場所は、一区または二区にあるキッチンスタジオ。

最初はギルドの厨房を借りようとしたのだが、一カ月先まで埋まっていたためスタジオで代替することにした。

スタジオの手配はクービスさんが行い、決まり次第、その場所を手紙で教えてもらうことになっている。

「監視員がいないのは助かったな……」

取り決めの内容を整理しながら俺は呟く。

内容に関する俺の意見は少ないものの、数少ない要求の一つが監視員についてだった。

ギルド嬢によれば、決闘における監視員の有無《うむ》はほぼ半々。

徹底的な不正排除のため監視員をつける場合もあれば、スキルやレシピを秘匿するため監視員をつけない場合もある。

仮に監視員がついたとしても、料理コンテストの時に行った味覚の転写――出来上がった料理に味のみを乗せる技で切り抜けられるが、調理の練習に結構な時間を取られてしまう。

店を持つ立場になった今、なるべく時間は取られたくないので、監視員はいないほうが望ましい。

理由をぼかしてやんわりと希望を伝えたところ、「スキルを無理に見せる必要はない」とクービスさんは言ってくれた。

監視員がつかなくて良かったと思っていると、途中からリュックに入っていたツキネが目を覚ます。

「キュウ？」

「ああ、良い感じの内容に決まったよ」

「キュウ！」

「……そうだ、ついでに」

肩に乗ってきたツキネを撫でた俺は、本来なら直進する角を右に曲がる。

たしかこの道の先に、ちょっとした市場があったはずだ。

味覚調整の参考用に、コケコ肉と卵を買ったほうがいいだろう。

名前からしてニワトリに近い鳥だとは思うのだが、万が一違っても困る。

「ちゃんとニワトリの感じだったとして、何を作ろうかな……」

鶏肉と卵を使う料理と聞いて真っ先に思いつくのが親子丼だ。

ただ、あいにく今回は肉と卵で別々の料理を作る必要があるので、親子丼は除外される。

「時間もそんなにないし、【作成済みリスト】の料理を調整したほうがいいか……？」

決闘の日取りは来週の定休日となっている。

テーマ料理の準備に使える期間は、今日も含めて合計で八日間。

営業後の時間を捻出《ねんしゅつ》して調整することを考えると、実際はそれよりも少ない。

テイクアウト用の商品に割く分の魔力も必要なので、料理の実体化回数も制限される。

「忙しくなりそうだな」

「キュキュッ！」

濃密な八日間となりそうだが、やるからには本気で挑みたい。

前脚を上げるツキネに笑いながら、夕暮れに染まる市場に向かうのだった。


「それじゃあ、ちょっと試作してくる」

市場からの帰宅後。

皆に決闘の内容を伝えた俺は、夕食を作ってすぐ店の厨房に移動する。

「よし、始めるか」

「キュウ！」

初めに行うのは、コケコ肉の味チェックだ。

市場で買ってきた肉を魔法袋から出し、包丁でカットしていく。

「うん、やっぱりニワトリだな」

市場で生きているコケコの外見を尋ねたところ、赤いトサカのある茶色い鳥とのことだった。

サイズは一回り上のようだが、ほぼ間違いなくニワトリの外見だろう。

まな板に置いた肉の見た目や切った時の感触も、ほとんどニワトリのそれと言っていい。

「シンプルに塩と胡椒《こしょう》で焼くか」

【味覚創造】を発動した俺は、【作成済みリスト】から塩と胡椒を生成し、それぞれ適量を肉にまぶす。

「こうして料理するのも久しぶりだな」

三週間ほど前に食べた海鮮の網焼きは対象外として、ちゃんとした料理をするのは新店フェスで作った『兎肉カレー』の時以来だ。

懐かしさを感じながらフライパンを用意し、スキルで生成した油を引く。

「あとは焼くだけ、と。ツキネも少し食べてみるか？」

「キュウ♪」

「オーケー」

残りの肉を全て追加した俺は、コンロに火をつけてコケコ肉を焼いていく。

たしかこういう時は、弱火でじっくり焼いていくのがよかったはず。

前世で得たうろ覚えの料理知識に頼り、丁寧に火を通すこと十数分。

皮がパリッと綺麗に焼け、いい感じの仕上がりとなった。

「いただきます」

「キュキュ！」

熱々のうちに皿に盛り、さっそく試食してみる。

「……うん！　普通に美味い」

口にする前から予想はついていたが、目を瞑って食べれば九十九パーセント鶏肉だ。

残る一パーセントにほんのり独特な風味……野性的な風味があるとはいえ、酒等で臭みを消せばまずわからないレベルである。

この肉の味であれば、地球と同じ鶏肉料理の感覚で試作しても問題ないだろう。

「そうなれば最悪、チキン南蛮でもいけるか……」

ウチの店で肉料理の一角を担うチキン南蛮。

自信を持って美味しいと言える一品なので、そのまま決闘で出しても問題はない。

なるべく別の料理にしたいとは思うが、決められなかったり調整が終わらなかったりした場合の保険にはなるだろう。

「キュウッ！」

「美味しかったか？」

「キュ」

まあまあだ、と鳴くグルメなツキネ。

普段から食べている料理に比べて物足りないのか、いつもよりテンションが低めだ。

わかりやすい反応に笑いながら、口直し用の油揚げを生成する。

「はいよ」

「キュキュウッ‼」

「さて、卵のほうもチェックしなきゃな」

油揚げに飛びつくツキネの横で、コケコの卵を用意する。

サイズは一般的な地球の鶏卵《けいらん》に比べて一回りか二回り程度大きく、殻《から》の色はくすんだクリーム色だ。

二つ購入しているので、ゆで卵と目玉焼きを作ることにした。

どちらも卵の味を見るには持ってこいの料理である。

「……っ！　殻がかたいな」

ニワトリの卵を割る感覚で台に打ち付けてみたが、ほんのわずかな罅《ひび》しか入らない。

地球に比べて危険な動物や魔物が多く、防御機能が強まった結果なのだろうか。

それっぽく考察しながら、強めに卵を叩きつける。

今度は適度な罅が入ったので、フライパンに中身を出す。

「黄身の色もほぼ同じか」

赤味の強い日本の卵黄に比べると海外寄り――レモン色に近い卵黄だが、おそらくは餌の問題なので違いはない。

卵自体が大きい分、ちょっとだけ卵黄も大きいくらいだ。

コンロの火を調節しながら目玉焼きを作っていく。

「うん、上手くいったかな」

目玉焼きは学生時代に作っていたこともあり、手際よく作ることができた。

火を通せば菌《きん》の心配はないようなので、黄身の部分は半熟寄りだ。

沸騰《ふっとう》させていたお湯にもう一つの卵を沈めた後、スキルで醤油を生成する。

醤油派、塩胡椒派、ソース派等……目玉焼きのお供は人によるが、個人的にはよく醤油か塩胡椒を使っていた。

コケコ卵の風味をチェックするため、今回は微量の醤油でいただくことに。

「うん……卵もニワトリと一緒だな」

卵の味だけ違うと困るところだったが、予想通りの味でほっとする。

その後出来上がったゆで卵も塩で美味しくいただき、いよいよメニュー選定に移った。

肉、卵共にニワトリと互換可能なので、【作成済みリスト】の中から鶏肉料理と卵料理を探していく。

「うーん……卵料理はだし巻き卵とか？　いや……これは調整済みだし、別の料理のほうがいいか」

卵料理でふと目に留まったのは、ビアと初めて会った日に作っただし巻き卵。

旨みを凝縮した自信作だが、繊細なバランスだからこそ手を加える余地が少ない。

ある程度は改良したいので、残念ながら対象外だ。

そうしてしばらくリストを見ていたところ、いい感じのアイディアを思いつく。

「オムライス……これを弄ってみるか」

リスト内にあったオムライス。

これをオムレツに変えて調整するのはどうだろう。

オムレツはまさに卵料理という感じがするし、調整もしやすそうだ。

卵料理をオムレツに決めた俺は、その勢いのまま鶏肉料理の選定へ移る。

卵単体の料理に比べると候補の料理が多いため、絞り込む作業が難しい。

三十分ほど悩んだ末になんとか決めることができた。

「よし、これでいこう！」

俺が選んだ鶏肉料理は『焼き鳥』。

照り焼きチキン、ローストチキン、から揚げ等の候補と迷ったが、なるべく相手の料理と被らなさそうなものにした。

盛り合わせにすれば、モモや鶏皮、つくね等、一皿でバラエティ豊かな味わいにできるのもポイントだ。

オムレツとの相性は未知数だが、その辺はスキルで上手く調整すればいい。

「キュウ？」

「ああ、決まったよ」

ウィンドウを閉じて一息ついていると、油揚げを平らげて待機していたツキネがやってくる。

「キュキュ？」

「うーん……今日はもう遅いからな。調整は明日からにするよ」

今日のうちに料理が決まれば上々だと思っていたので、ひとまずの目的は果たしている。

調整の際はビア達にも試食してもらいたいし、今日のところは休んで明日以降に備えるのが賢明だ。

「帰ろうか」

「キュ！」

飛び込んできたツキネを抱え、俺は家へと戻るのだった。

第十六話　決闘（前）

それからの七日間、俺はオムレツと焼き鳥の調整に勤《いそ》しんだ。

これまでの試作では調整と実体化を繰り返し、ビア達に味を見てもらう形式だったが、それだとテイクアウト分の魔力温存が難しい。

そのため、基本的にはスキルの【味覚チェック】を利用し、実体化は一時間おきほどに留《とど》めている。

調整が間に合うか不安な気持ちもあったが、考えてみればパエリアの時も三日で調整が終わったのだ。

今回はフルで使える定休日が間に挟まれていたこともあり、魔力温存の制限つきでも思った以上に余裕があった。

また、いざという時はチキン南蛮を使えばいいという保険のおかげで、精神的なゆとりができ、焦らず丁寧に調整を進められた。

一方、昼時のお試しテイクアウトも変わらず好調な売れ行きを見せていた。

ハンバーガーとクッキーは毎日飛ぶように売れ、さらなるメニューの追加を希望する声が多数寄せられている。

ハンバーガーにはサイドメニューが付き物なので、決闘が終わったらぼちぼち準備していく予定だ。

それに伴い、テイクアウト担当の従業員を雇うべきだとも感じている。

今のやり方はやはり姉弟に負担をかけるし、二人の本領が発揮されるのは【テレパシー】が使えるホール内だ。

テイクアウトの受付は別の従業員に任せ、姉弟にはペアで働いてほしい。

こうしてテイクアウトについても思案を巡らせながら、決闘の準備を進めていき——ついに決闘の当日を迎えた。

「メグル、いってらっしゃい！　良い報告待ってるね！」

「ん。メグルなら楽勝」

「「店長、応援してます!!」」

「ああ。それじゃ行ってくる」

「キュキュッ！」

ビア、フルール、カフェラテ姉弟に見送られながら、俺は家を出発する。

今回の決闘は周りに公開されない秘密裏なものなので、同行者は護衛のツキネ一匹だけだ。

「やれることはやったからな。オムレツと焼き鳥を信じよう」

「キュ!!　キュウウッ!!」

「はは、燃えてるな」

打倒クービス！　と闘志《とうし》を燃やすツキネを肩に乗せ、決闘場所のキッチンスタジオへ向かう。

クービスさんが気を利かせてくれたのか、スタジオは店からほど近い場所にあった。

「ここか……」

「キュウウ……」

十分足らずでスタジオに着いた俺達は、目の前の建物を見上げる。

以前グーテで訪れたスタジオよりも圧倒的に大きく、さすが王都のスタジオという感じだ。

中に入ると広い受付があり、男性店員がにこやかな笑みを浮かべた。

「こんにちは。スタジオのご利用ですか？」

「はい。決闘に来たのですが……」

そう伝えると、男性店員は「ああ！」と声を上げる。

「もしかしてメグル様ですか？」

「はい。メグルです」

「お待ちしておりました。向かいの待合室にクービス様がいらっしゃいますよ」

「わかりました。ありがとうございます」

少し早めに来たつもりだったが、クービスさんは既に到着していたようだ。

受付をあとにして待合室へと向かう。

「……待っていた」

待合室の扉を開けると、クービスさんが立ち上がりながらこちらを見る。

かなり広めの待合室だが、彼の他には誰もいない。

「審査員達は時間通りに来るはずだ」

「そうですね……あと十五分くらいですか」

「そんなところだろう」

クービスさんはそう言うと、もう一度椅子に腰を落とす。

すぐに目を閉じて無言になったので、俺も彼から離れた場所を選んで座った。

「キュウ♪」

「気持ちいいか？」

ツキネを撫でながら無言の気まずさを紛らわせること十数分。

ようやく部屋の扉が開き、審査員達が入ってくる。

真ん中に立つ初老の男性審査員と、それを両サイドから挟む形で立つ若い男女の審査員だ。

こちらを見た三人は軽い会釈《えしゃく》をし、真ん中の初老男性が口を開く。

「決闘の審査員を務めるダールだ。そしてこの二人が……」

「ティーと申します」

「ライです！」

初老の男性審査員はダールさん、若い女性審査員はティーさん、若い男性審査員はライさんというらしい。

「はじめまして、メグルです」

「クービスです」

俺とクービスさんは挨拶を返し、ダールさん達と握手を交わす。

意外と言ったら失礼かもしれないが、クービスさんもこういう場では丁寧な口調を使えるらしい。

俺に対する態度に棘《とげ》があるのは、コンテストで負けた恨みの表れなのだろう。

「では行こうか」

「「はい」」

身分証明のためにギルドカードのチェックを済ませた後、俺達はダールさんの先導で待合室を出た。

受付を過ぎて長い廊下に出ながら、この後の流れを説明される。

まずは審査場所となる部屋に行き、決闘内容の確認を行うということだ。

「あ、審査用の部屋があるんですね……」

てっきりキッチンで審査されると思っていたので驚かされる。

待合室もそうであるが、審査用の部屋など以前訪れたスタジオにはなかった。

審査を行う機会が多い王都のスタジオならではの特徴なのだろう。

「――さて、決闘内容の確認だが……」

審査部屋に到着した俺達は、ダールさんが話す決闘内容に問題がないか確認する。

テーマ料理や制限時間、ジャッジ方法等についてだ。

お互いに問題はないということで内容確認はすぐに終わり、これまた前のスタジオにはなかった更衣室で着替えを行う。

コックコートへの着替えを済ませ、ダールさんに砂時計を貰ったら、いよいよ各自のキッチンに向かう時間だ。

俺に割り当てられたキッチン番号はＢ４。

クービスさんのキッチン番号は隣接するＢ３なので、途中まで一緒に廊下を歩く。

「……今度は俺が勝つ」

Ｂ３の前で立ち止まったクービスさんは、そう言ってドアノブに手をかける。

バタリと閉まるドアを見ながら、俺もＢ４に入室した。

「……ふぅ。しばらくは待ちだな」

与えられた調理時間は一時間。

料理が出来上がり次第、審査員達の部屋まで運ぶ方式だ。

俺の場合は既に味覚の調整を終えており、【作成済みリスト】から対象を選ぶだけで料理が完成する。

唯一、焼き鳥の串部分——食べ物ではない部分については自らの手で刺すことになるが、それも時間のかかる作業ではない。

早く完成しすぎて不自然に思われないためにも、砂時計が残り三分の一を切るまでは待機しておくのがいいだろう。

「ツキネ、いるか？」

「キュ！」

椅子で休憩しながら名前を呼ぶと、服の中からミニサイズのツキネが顔を出す。

料理コンテストの時と同様、分体となったツキネである。

審査員達がいる手前、ツキネをキッチンに連れて行くのもどうかと思い、本体には審査部屋で待機してもらっていた。

「キュキュ♪」

「はは、それはよかった」

審査部屋の本体には暇つぶし用の油揚げを出しているのだが、ゆっくりと味わいながら食べているらしい。

分体となっても感覚はリンクしているので、こちらのツキネも油揚げの味を楽しんでいるようだ。

「キュウ♪」

「はは、くすぐったいって」

随時残り時間をチェックしながら、俺はミニツキネと戯《たわむ》れる。

いつものツキネのモフモフは言わずもがな、手の中に納まるミニツキネの触り心地も同じくらい素晴らしい。

モフモフ成分が少し減る代わりに、その全身を余すところなく堪能《たんのう》できる。

コンテストの時はほとんど隠れてもらっていたので、このサイズのツキネと遊ぶのは地味に初めてのことだった。

「……おっと、そろそろかな」

ふと砂時計を確認すると、残り時間が三分の一を切っていた。

水道で綺麗に手を洗い、二種三枚、計六枚の皿を用意した俺は、生成したタレつきの焼き鳥に串を刺していく。

プロの串打ちには及ばないものの、生成時にあらかじめ空けた穴のおかげで初心者にしては上出来だ。

ちなみに串については、ツキネに頼んで出してもらった竹串を使っている。

「本来は焼く前に刺すものだけど……」

我ながら変なやり方だと苦笑しながら串打ちを終え、続けざまにオムレツを生成する。

「よし、出来上がりだ」

「キュキュ♪」

各皿に釣《つ》り鐘《がね》型の金属蓋――クロッシュを被せた俺は、それらを運搬用のワゴンに載せる。

ワゴンを押してキッチンの扉を開けると、ミニツキネが何かを察したように服に隠れた。

「……同じタイミングか」

廊下の先で足を止め、こちらを振り返るクービスさん。

俺よりも少しだけ早く料理を終えたようだ。

こちらに背を向けた彼は、おもむろに進みはじめる。

俺はその背中との距離を保ちながら、静かにワゴンを押し進めた。


「――両者ほぼ同時か」

審査部屋に到着すると、テーブルの中央の席に腰かけていたダールさんが低い声で呟く。

「クービス殿のほうが先に入室したが、その順番で審査して問題ないか？」

ダールさんはそう言って、俺とクービスさんを交互に見る。

入室した順に審査を行うのが基本だが、今回のように僅差《きんさ》の場合は料理人同士の話し合いで決めてもいいそうだ。

とはいえ、特に先攻にこだわりはないので、「問題ありません」と答えておく。

「……うむ。それでは先攻をクービス殿、後攻をメグル殿とさせてもらう。クービス殿は準備を頼めるか？」

「はい」

返事をしたクービスさんが提供の準備を行う中、入り口から見て右側に座る女性審査員、ティーさんが俺に声をかけてくる。

「後攻の料理はそちらのボックスに入れておくといいですよ。スイッチを入れると保温機能が働きますので」

「わかりました。ありがとうございます」

俺はティーさんに礼を言い、ワゴンの料理を部屋の隅にあるボックスに入れる。

こういう事態を想定して置かれた魔道具なのだろう。

料理が冷めそうだなと思っていたので助かった。

ボックスのスイッチを入れた俺は、審査テーブルのほうへと向き直る。

ちょうど審査の準備ができたようで、クロッシュを被せた皿が各審査員の前に並んでいた。

「キュ！」

「ツキネ」

壁際に用意されていた椅子に座り、審査の開始を待っていると、大人しくしていたツキネが近づいてきた。

そういえばミニツキネは……と服の中を確認するが、いつの間に本体に戻ったのか消えている。

「キュキュッ」

「緊張？　まあ、少しな……」

審査の邪魔にならないよう、俺は小声で答える。

コンテストの時ほど緊張はしていないが、この静かで厳《おごそ》かな空気感には面接のような緊張感がある。

ツキネという癒しの存在がいなければ、緊張で背筋が伸びていたかもしれない。

「さて、クービスさんはどんな料理でくるのか……」

足首にツキネの体温を感じながら、俺は顎に手を当てる。

この世界の料理には詳しくないため、どのような卵料理と鶏肉料理があるのかわからない。

定番の料理で勝負するのか、はたまた創作料理で仕掛けるのか……

何一つ見当がつかない中、クービスさんと視線が合う。

彼は自信あり気な笑みを浮かべて、ダールさん達に体を向けた。

「皆さん、どうぞ開けてください。皆さんから見て左の皿に卵料理、右の皿に肉料理が入っています」

「うむ。では、卵料理から」

ダールさんはライさん達と視線を交わし、卵料理の皿に被せられたクロッシュを持ち上げた。

「……っ!!」

姿を現した卵料理に、俺は思わず目を見開く。

あの料理はまさか……

「ふむ……『レムル』で来たか」

「はい。卵本来の味が活きる料理ということでレムルを選びました」

低く呟いたダールさんにクービスさんが説明する。

二人はレムルと呼んだ料理に、俺は強烈な既視感があった。

そう、それはどこからどう見てもオムレツなのだ。

いや、もしかしたら多少は違うのかもしれないが、卵を溶いて焼き上げた料理であることには違いない。

レムルという名前の響きも、どことなくオムレツに似ている。

実際、素材を活かすには理にかなった調理法だし、異世界版のオムレツがあっても不思議ではないだろう。まさか俺の卵料理と被るとは思わなかったが……

思わぬ偶然に驚いていると、審査員達が肉料理のクロッシュを開ける。

さすがに焼き鳥が被ることはなく、見たことのない料理が顔を出した。

ぱっと見はローストチキンに似ているが、表面に香辛料らしきものがまぶされている。

「これは……？」

どうやらダールさんも知らない料理だったようだ。

目を細める彼の隣で、ティーさんとライさんも首を傾げている。

「こちらは創作料理——『コケコのほぐし肉詰め』です」

クービスさんは自慢気に言うと、その概要を説明する。

一見すると丸焼きのコケコ肉だが、内側がくり抜かれており、ほぐし肉と種々の山菜《さんさい》を味付けしたものを詰めているらしい。

中身の味付けには複数の果実とスパイスを使った特製ソースを使っているそうだ。

また、表面にまぶされたスパイスも特殊なブレンドを行っており、特製ソースと合わさった時のバランスを考慮しているのだとか。

「おお……！」

敵ながらすごいこだわりに、思わず感嘆の声が漏れる。

実力のある料理人なだけあって創作料理のレベルが高い。

「ほぅ……では実食といこうか」

ダールさんがフォークを手に取り、両脇の二人に目配せする。

「まずはこのレムルから」

「ええ」

「いただきましょう！」

表情を引き締めた三人は、一斉にレムル――異世界風オムレツを口に運ぶ。

「うむ、美味いな」

「シンプルな料理だからこそ、料理人の腕がわかりますね」

「味付けも絶妙です！　バランスが良いから飽きがこない」

ダールさん、ティーさん、ライさんはそれぞれにレムルを批評《ひひょう》し、パクパクと食べ進める。

見たところソースはかかっていないが、卵自体にしっかりと味がついているようだ。

「冷めないうちに肉もいただこうか」

半分ほどレムルが減ったところで、ダールさんが肉料理に目を向ける。

ライさんとティーさんもそれに同意し、三人は肉料理の実食に移った。

「では……」

初めに口をつけたのはダールさん。

ナイフで綺麗に切り分けた料理を口に運び、「む……！」と低く唸る。

「鮮烈なスパイスの香りと、ほどよい酸味……先ほどとは打って変わって、珍しいタイプの味付けだな。ティー、ライ、どうだ？」

「では私も……たしかに珍しい味付けですが、上手くまとまっていますね」

「ええ！　このスパイスの斬新な風味……特殊なブレンドのおかげでしょうか？　病み付きになる味です！」

好意的な表情を浮かべながら、三人は順に味の感想を述べる。

レムルの時も褒めていたが、こちらはそれ以上に反応が良い。

卵料理、肉料理共に、クービスさんの料理は高い評価を獲得したようだ。

「うむ、素晴らしい二品だった」

料理を食べ終えたダールさん達は、手元の紙に文字を書き込んでいく。

可能な限り公正なジャッジを下すべく、細かい評価をメモしているのだろう。

三人が黙々と手を動かす間、食後の皿をワゴンに下げたクービスさんがこちらへ来た。

「…………」

立ち止まった彼は無言で俺を見た後、二つ隣の椅子に座る。

相当な手応えがあったのだろう、「どうだ？」と言わんばかりの表情だ。

「キュウゥ……！」

「まあまあ」

不機嫌そうに尻尾を立てたツキネを、威嚇しないように宥める。

いつもなら腕に抱いているところだが、料理の提供前なので控えておく。

代わりにこっそり生成した油揚げを与えると、大人しくなってくれた。

「……ふむ、こんなところか。ティー、ライ、メモは取り終えたか？」

「ええ、大丈夫です」

「僕もです！」

ツキネを宥めているうちに、ダールさん達がメモを終えたらしい。

三人で俺のほうを見ると、代表してダールさんが口を開いた。

「では、後攻のメグル殿………料理の準備を頼めるかな？」

第十七話　決闘（後）

「はい」

料理の準備を促された俺は、緊張と共に立ち上がる。

「キュウ！」

「ありがとな」

応援してくれるツキネに礼を言い、保温の魔道具から料理を取り出す。

皿からかすかに伝わる熱は、十分ほど前に触った時と同じだった。

ワゴンでそれらの料理を運び、審査テーブルに置く間、ダールさん達は懐から水色のポーションを出して飲む。

一時的に満腹感を消失させ、口の中をリセットするポーションを呑むと事前に聞いていたが、あれがそうなのだろう。

先攻、後攻の差異をなくす工夫ということで、公正のための徹底がすごい。

「メグル殿、始めてもよいかな？」

「はい、お願いします」

壁際にワゴンを寄せた俺は、そう言ってテーブルの横に立つ。

「蓋をお取りください。小さい皿が卵料理、大きい皿が肉料理です」

「うむ。それでは……」

ダールさんが低く呟き、三人同時にクロッシュを掴む。

ちらりとクービスさんのほうを見ると、鋭い目つきでテーブルの上を睨んでいた。

「……っ‼　これは……！」

直後、クロッシュを持ち上げたダールさんが驚いたように目を瞠る。

両隣のティーさんとライさんも、ダールさんと同じような反応だ。

視界の端のクービスさんも、意外そうな表情を浮かべていた。

「まさかのレムル被りとはな」

「ええ。卵を生かす料理ですので」

笑みを浮かべたダールさんに返答する。

厳密にはオムレツなのだが、訂正しても面倒になるのでこの場はレムルで通すことにした。

「チーズレムルです。外からはわかりませんが、卵にチーズが練り込んであります」

「ほう、チーズ入りか」

「クービスさんのレムルとはタイプが違いますね」

俺の説明にダールさんとティーさんが反応する。

そう、俺が作ったのは『チーズオムレツ』。

クリーミーなチーズをたっぷりと練り込み、旨味をふんだんに効かせたオムレツだ。

デミグラスソースをかけるパターン、かけないパターンの二通りで調整したが、卵の味をより感じられるよう今回は後者を選んでいる。

「ふむ、肉料理も見ておこうか」

ダールさん達は続いて、もう一方のクロッシュを持ち上げる。

「ん？　これは……串焼きか？　それにしては少し小ぶりだが」

「魔物肉なら露店に売っていますが、コケコ肉の串焼きはあまり聞きませんね……」

「僕は初耳です！　木串というのも珍しい……！」

「うむ。それに一種類ではないな。ソースのかかった串焼きというのもあまり見ないが……」

姿を見せた焼き鳥に、顔を見合わせるダールさん達。

視線で疑問を投げかけてきたので、簡単に説明をする。

「こちらは焼き鳥という料理です。読んで字の如くの料理ですが、串毎に違った特徴があるのでその違いをお楽しみいただければと思います」

今回俺が用意した串は、モモ、ぼんじり、皮、つくねの四種類。味付けは全てタレだ。

焼き鳥と言ってもクオリティはピンキリだが、全国有数の人気店の、炭火ならではの香りが素晴らしい逸品をイメージの参考にさせてもらった。

普通の焼き鳥とは一線を画す味わいを基に、スキルならではの豪華な調整を加えている。

「ほぅ……各部位の強みを生かしているのか。このタレもどんな味なのか気になるが、まずはレムルからいただこう」

ダールさんは表情を引き締めてフォークを握る。

切り分けたオムレツをゆっくりと口に含むと、のけぞりながら目を見開いた。

「なんだこれはっ⁉　旨味のレベルが桁違《けたちが》いだぞ……‼」

驚きの表情を浮かべて叫ぶダールさん。

彼に続いたライさんとティーさんも、同意するように首を振る。

「恐ろしくまろやかですね……チーズと卵が溶け合って、完璧に調和しています」

「チーズ入りのレムルは食べたことがありますが、これは別格ですね！　これほどクリーミーなレムルを作ることができるとは……‼」

頬を緩めた三人は、待ちきれんとばかりに二口目を食べる。

「なんて濃厚さだ……」

「とろけますね……」

「手が止まりません‼」

口々に愉悦《ゆえつ》の声を漏らしながら、食べるペースを速めていく三人。

クービスさんのレムルのように半分でやめるかと思いきや、そのような様子は見られない。

途中からは言葉も発さなくなり、とうとう最後まで食べ切った。

「つい完食してしまったな……」

「ええ……」

「止まりませんでした……!!」

ぽつりと零したダールさんに、ティーさんとライさんが苦笑する。

本来であれば、途中で残して焼き鳥に移行するつもりだったのだろう。

夢中になってくれた証であり、俺にとっては喜ばしいことだ。

そして反応の違いが明らかだったからか、クービスさんが般若《はんにゃ》のような表情になっている。

目が合うと怖いので、さっと顔を背けておいた。

「では、『ヤキトリ』も食べてみよう」

ダールさん達は再び審査モードになり、焼き鳥の皿を観察する。

「これがモモ、これがぼんじり、あとは皮とつくね？　だったか。食べる順番のようなものはあるのかな？」

「いえ、特に指定はありませんが……モモがベーシックかとは思います」

「ふむ、なるほど……」

ダールさんは頷くと、モモの串を手に取って肉に齧り付く。

「……っ!!　美味いっ!!　美味いぞっ!!」

すかさず二口目に移る彼を見て、ティーさんとライさんもモモ肉串に手を伸ばす。

「すごい……香ばしいですね……！　この香ばしさは何なのでしょう？」

「このソースもすごいですよ！　甘じょっぱくてコクがあります!!」

「肉の旨味も半端ではないな。コケコ肉がこんなに美味くなるとは………む！　こちらの皮も美味い!!」

「つくねもジューシーで美味しいですよ」

「ぼんじりも肉汁がすごくて最高です!!」

チーズオムレツの時と同じように、猛スピードで食べていく三人。

それぞれの串を食べる毎に驚きの言葉を漏らし、互いの意見を交わしている。

一皿で何度も楽しめるようにと焼き鳥を選択したが、その目論見《もくろみ》は上手くいったようだ。

三人は焼き鳥を完食した後も、どの串が良かったかを語り合い、しばし賑やかな時間が続く。

「あの……料理のジャッジは……？」

「む。そうだったな」

メモを取ることなく語っていたので尋ねてみると、ダールさんは思い出したように俺を見る。

「うむ、ジャッジか……」

そう呟いてペンを握るダールさんだが、紙の上のペンは一点に留まったまま動かない。

何も書かずにペンを置いた彼は、静かに頷くとおもむろに口を開いた。

「……私はメグル殿に一票に入れる。ティーとライはどうかな？」

「私も、メグルさんに一票です」

「僕も、同じくメグルさんに！」

ティーさんとライさんが俺の名前を挙げ、視界の端でクービスさんが揺れる。

「うむ。三対〇により、決闘の勝者はメグル殿とする！　審査する以上優劣がつくのは仕方ないが、両者共に素晴らしい料理だった！」

ダールさんの宣言により、勝負はあっけなく決した。

「キュキュッ♪」

「おっと」

俺は飛び込んできたツキネをキャッチする。

その後、勝者側からの要求はあるかとダールさん達から尋ねられたが、「ありません」と返答する。

何かを要求するつもりはなかったし、決闘自体が良い経験になったからだ。

「――ふむ。そのあたりは一応クービス殿と相談して、もし何かあれば料理人ギルドに来てくれたまえ。これが決闘結果の証明書で、こちらが勝者の証となるバッジだ」

「ありがとうございます」

証明書とバッジを受け取り礼を言うと、ダールさん達はドアへ向かう。

「では、我々はこれにて」

「「失礼します」」

パタリと部屋のドアが閉まり、その場に静寂が訪れた。

これは気まずいぞ……

恐る恐るクービスさんに目をやると、俯《うつむ》いてプルプルと震えている。

ここはひとまず、皿を洗いに行くのが良いだろう。

「……待ってくれ」

テーブルの皿をワゴンに載せ、部屋を立ち去ろうとした俺を、クービスさんの声が引き留めた。

びくりとしながら振り向くと、彼は静かに頭を下げて言った。

「迷惑な頼みだというのは……わかってる。だが、俺にも…………アンタの料理を食べさせてくれないか？」

◇　◆　◇

ありえない――クービスの心情を表す最も適切な一言がそれだった。

もちろん彼も、楽に勝てる相手だと油断していたわけではない。

相手はあのレザンに「美味い」と言わしめ、コンテストで初の満点優勝を果たした料理人だ。

勝利できる自信はあったが、決して侮《あなど》ってはいなかった。

（くそっ……！　ふざけるなっ！）

審査員達が去った後の静かな部屋で、クービスは歯を食いしばる。

彼の作った料理はどちらも、最高のクオリティに仕上げたはずだった。

卵の風味を最大限に引き出し、究極のシンプルさを実現したレムル。

二層の異なるスパイス群とソースが調和し、コケコの旨味を爆発させる創作料理。

特に肉料理は渾身の出来で、オリジナリティも最高クラスだった。

（なのに………なぜ負けた……っ!!）

決闘の結果は、三対〇でメグルの圧勝。

数字が示す結果はもちろん、審査員達の反応がまるで違った。

クービスの料理は冷静に分析し、淡々と評価を下していたが、メグルの料理については終始食べるのに夢中だった。

純粋な実力差が表れる料理被りのレムルでも負け、渾身の力作だった肉料理でも負けたのだ。

まるで悪夢を見ているような気分であり、決闘の結果を告げられた後も、現実を信じられなかった。

（なぜ……っ！　どうして……っ！　あの男の料理はそんなにもすごいというのか……!?）

忌まわしきグーテのコンテストに続いて、再びクービスを打ちのめしたメグルの料理。

「……待ってくれ」

審査員達の反応だけでは納得できず、立ち去ろうとしたメグルを反射的に呼び止める。

プライドをかけた決闘で敗れ、その上で頭を下げるというのは、クービスにとっても屈辱的だ。

しかしそれでも、確かめなければならなかった。

メグルの料理に何があるのか。なぜ彼は敗北したのか。

「迷惑な頼みだというのは……わかってる。だが、俺にも…………アンタの料理を食べさせてくれないか？」

「俺の料理を……ですか？　まあいいですけど」

恥を忍んで頭を下げたクービスの言葉は、存外あっさりと受け入れられた。

「キッチンに戻ったらそのまま作りますね」

メグルがそう言って審査部屋から出た後、クービスは拳を壁に打ち付ける。

「……くそっ‼」

やり切れない気持ちを抑えながら、受付に向かうクービス。

延長料金を払った彼は部屋に戻り、糸が切れたように床に座った。

「こんなはずじゃ……」

呟かれた声には覇気《はき》がない。

敗北の現実感が増していくにつれ、彼の闘志も薄れつつあった。

（俺は負けた……二度も負けた）

たとえ負けるにしても、せめて善戦であったならば。

クービスは重たい息を吐いて、メグルのいるキッチンの方角を見つめる。

料理決闘を申し込み、正面から打ち負かされた時点で、彼とメグルの因縁は終わったのだ。

負けを認めず食い下がるのは不義理だし、一対一で負けた事実は公的な記録として残り続ける。

「……来たか」

それからおよそ二十分後。

項垂《うなだ》れていたクービスの耳に、ワゴンを押す音が聞こえてくる。

（負けた事実はもうどうしようもない……今確かめるべきことは一つ……）

立ち上がって服の汚れをはたいたクービスは、入り口の扉をまっすぐに見つめた。


「――どうぞ」

チーズレムルと焼き鳥をテーブルに置き、メグルが言う。

「……感謝する」

クービスは小声で礼を言うと、フォークをぎゅっと握りしめる。

（まずはこのレムル……チーズ入りだと言っていたな）

彼がまず目を向けたのは、一見何の変哲《へんてつ》もないレムル。

その表面にはスパイスの粒《つぶ》一つなく、ツルンと滑らかな質感だった。

「……っ！」

何の抵抗もなく入ったフォークの感触に、クービスの眉《まゆ》がぴくりと動く。

ナイフで切ったような断面から、とろりとチーズが溢れ出した。

（これは……）

間違いなく美味い——クービスは見るだけでそう直感する。

審査時は遠目にしか見えなかったが、間近で見ると印象が違った。

思わず唾を呑み込んだ彼は、フォークから零れ落ちそうなそれを口へ運ぶ。

「………っ‼」

刹那、彼の口内に文字通りの〝幸せ〟が広がった。

（これはチーズ……いや、卵……？　いや違う……その両方なのか……⁉）

渾然一体《こんぜんいったい》となったチーズと卵。

その恐るべき融合には両者の境目が存在せず、どこまでもクリーミーな味わいは別次元の食べ物のようである。

（ただの〝チーズ入り〟とはレベルが違いすぎる……‼）

審査員達がそうであったように、クービスの手もまた止まらない。

クリーミーさ、濃厚さ、体の芯に染みるような旨味が、彼の食欲をかき立てる。

動かしたフォークが空を切り、自分が完食したのだと気付いた。

(何が起こったというんだ……)

頭を殴られたような衝撃の中、クービスは呆然と空の皿を見る。

卵の良さをどう活かすか。

そう考えた時、クービスはシンプルに卵の風味を引き立てることを選んだが、メグルのチーズレムルはある意味で正反対の発想だ。

(チーズと卵の徹底的な調和……言葉にするのは簡単だが、あのレベルで実現するにはどれだけ繊細な技術が必要か……)

今やクービスの心に、先ほどまでのネガティブな色はない。

わずかに燻《くすぶ》っていた自尊心も、いつの間にか霧散《むさん》していた。

彼は一人の料理人として、その味に魅《み》せられた者として、ただただ純粋な感銘《かんめい》を受ける。

(シンプルなレムルでこの味なんだ……この『ヤキトリ』という料理も、ただの串焼きであるはずがない)

頬を伝う一筋の汗を拭い、クービスは焼き鳥に目を向ける。

(それぞれの串に特徴があるという話だったが……)

一番ベーシックだというモモ肉串を手に取るクービス。

この世界において、魔物肉の串焼き自体は特に珍しいものではないが、メグルの皿のように複数の部位に分けられることは珍しい。大体は、部位に関係なく適当な大きさにカットされるものなのだ。

クービスも初めは『決闘で串焼き……？』と眉を顰《ひそ》めたが、審査員達の反応からもそれが普通の串焼きとは別物であることは明らかだった。

（よし……！）

唾を呑み込んだクービスは、豪快にモモ肉串に食らいつく。

ぷりぷりで肉厚な身から、鶏の旨味が溶けた上質な脂がじゅわりと染み出した。

（美味いっ‼）

ストレートな心の叫び声を上げ、クービスは夢中で食べ進める。

肉の旨味も素晴らしいが、それを支えるタレもまた素晴らしい。

甘さ、しょっぱさ、出汁《だし》の旨味が肉の美味しさを引き上げている。

（それに、なんだこの香ばしさは……？）

クービスが最も驚いたのは、鼻腔《びくう》に抜ける炭の香り。

この世界にも炭火で焼く手法はあるが、王都ではそれほど普及していない。

その上、メグルが参考にした熟練の職人の〝焼き〟は、王都中を探しても類を見ないほどハイレベルだ。

また、焼きに使われる炭も最高級の備長炭《びんちょうたん》。

上質で心地よい香りは、クービスがこれまでに経験したことのないものだった。

（くっ……！　もう終わりか!!）

串に残った最後の肉を頬張ったクービスは、そのままの勢いで鶏皮串を握る。

（皮を単体で焼いたものか……さすがに肉には劣るだろうが……）

串に翻り付いたクービスの顔が、すぐに驚きの色に染まった。

まず彼が感じたのは、パリッと小気味よい表面の食感。

次いで皮の中身――旨味に満ちた脂が口内に広がり、香ばしい炭の風味がすっと抜ける。

（なんだこの食感は……っ！　皮だけとは思えないほどジューシーだし、モモ肉串に全く負けていないぞ……！）

各焼き鳥串の食感というのは、今回の調整でメグルが最も意識していた点だ。

思い通りの食感に仕上がるよう細部までイメージし、可能な限りメグルの理想に近づけている。

特に鶏皮は食感が重要なので、四種類の串の中でも一段と力が入っていた。

外側と内側の食感のギャップの虜になったクービスは、あっという間に鶏皮を完食する。

（次は……ぼんじり串にするか。脂が乗った部位のようだが……）

脂身が多いとジューシーになるが、それだけ胃への負担も大きくなる。

ぼんじりは見るからに脂が多いため、少しくどすぎるのではないか？　――そんな懸念《けねん》を抱いたクービスだったが、それは全くの杞憂だった。

（一体どういうことだ……⁉　脂は多いのにすっきりしている！）

見た目で予想していた通り、ぼんじりは大量の脂を含んでいた。

しかしそれにもかかわらず、脂由来の気持ち悪さがまるでない。

本来であればウッと来てもおかしくないはずなのに、後味は不思議と爽《さわ》やかなのだ。

不思議な感覚に酔いしれたクービスは瞬《またた》く間にぼんじりを平らげ、残すところはつくね串一本となった。

（つくね……ミンチにした肉か。他の串よりも色が濃いな）

これまでの三本もバラエティに富んでいたが、中でもつくねは特徴的で目を引いた。

くびれが三つある瓢箪《ひょうたん》形の肉にたっぷりとタレが塗られていて、表面には適度な焦げ目がついている。

クービスは観察もほどほどに串を持つと、豪快につくねに齧り付く。

（美味いっ‼）

カリッと焼かれた表面と、肉汁溢れるジューシーなミンチ肉。

普通の肉以上に肉々しく、食べた瞬間に脳が美味いと感じる。

（それにこの歯ごたえ……軟骨《なんこつ》か？）

食感も文句のつけようがなく、時折感じる軟骨の歯ごたえが良いアクセントになっていた。

圧倒的な鶏の旨味と、飽きることのない食感。

その驚異的な美味さに屈服し、あっという間につくねを完食する。

(はっ……もうない……?)

無意識に手を伸ばした彼の目に、空っぽになった皿が映る。

(ヤキトリ、とんでもない料理だ……ただの串焼きとは次元が違いすぎる)

チーズレムルも恐るべきクオリティだったが、焼き鳥のクオリティもすさまじかった。

どちらの料理も非難するべき点が見つからず、クービスの舌と心を魅了した。

(唯一の不満点を挙げるなら、食べ足りなかったことだけか……)

クービスはハンカチで口元を拭いながら、テーブルの上の水を見る。

普段ならここで水を飲んでいるところだが、焼き鳥の余韻を流してはもったいないと感じてしまう。

(俺は負けた……勝負にすらなっていなかったんだな)

クービスは清々しい気持ちで傍らに立つメグルを見る。

彼に抱いていた憎しみは、そのまま敬意の念へと変わっていた。

(あれだけの料理を作る技量……コンテストで満点を取れるわけだ。どれほどの腕を持っているのか、俺にはまるで底が見えない)

考えれば考えるほど、メグルの料理は革新的だった。

修業のために各地を渡り歩き、様々な料理を食べてきたクービスですら、その調理法に想像が及ばない。

クービスは生まれ持ったスキルの特性により味の分析に長《た》けているが、あまりにもわからないことが多すぎる。

知りたい――どうすればあんな味を作り出せるのかを。

メグルを見つめるクービスの視線に、だんだんと熱がこもっていく。

「あ、食べ終わったんですね。どうでしたか?」

彼の視線に気付いたメグルが、頭を掻《か》きながら尋ねる。

勝利しても驕《おご》る様子がなく、純粋に感想を求める姿勢に、クービスは感じ入るものがあった。

「美味しかった……………いえ……美味しかったです。どちらも遥かに俺の想像を超えてました」

「……? それはよかったです」

丁寧になったクービスの態度に、疑問符を浮かべて返すメグル。

彼の腕に抱かれたツキネも、首を傾げて訝しんでいる。

(きっと俺にはまだまだ学ぶべきことがあるんだろう。そしてこの人は、俺にないものを持っている――)

メグルを見つめながらクービスは決心する。

「メグルさん」

「え……ど、どうしました?」

名前を呼ばれて困惑するメグルに、クービスは頭を下げて言った。

「俺を弟子にしてくださいっ‼」

「…………………え？」

第十八話　クービスの懇願《こんがん》

嵐のように訪れた、クービスさんとの料理決闘。

俺はチーズオムレツと焼き鳥によって無事に勝利を収めたが、その顛末《てんまつ》は予想だにしないものとなった。

「――どうするの、メグル？　また後日来そうなんでしょ？」

「たぶん来ると思う。うーん……どうしたものか」

決闘を終えて帰宅した俺は、皆と開いた祝勝会の中で「うーん」と何度も唸っていた。

『たぶん来る』というのは、クービスさんについての話だ。

俺の勝利後、彼の申し出で料理を食べさせた結果、まさかの弟子入りを懇願されてしまった。

二品の味に感銘を受け、俺の下で学びたいと思ったらしい。

よほど大きな衝撃を受けたのか、言葉遣いまで丁寧になっていたくらいだ。

そして俺は彼の弟子入りを……断った。

理由は至極単純、料理を教えることができないからだ。

ホール等の従業員志望ならまだしも、クービスさんは料理人としての弟子入りを志願しているのである。

「料理を教えるのは難しい」と遠回しに伝えてはみたのだが、「最初は見習いでも大丈夫なので」と頭を下げられてしまった。

今日のところはひとまず帰ってもらったが、あの様子では諦めてくれそうにない。

「ん。次来たらどうする？」

祝勝会用に出したチーズオムレツを頬張りながら、フルールが尋ねてくる。

「うーん……たとえ見習いだとしても厨房で雇うのは厳しいから、その点を強調するしかないかなと……」

「たしかにね。メグルの料理はその……独創的だから、学びとるのも難しいし……」

カフェラテ姉弟を気にしてか、ビアが言葉を濁しながら苦笑する。

「そうなんだよな」

俺のスキルが多少なりとも調理――火入れ等に関するものであれば、厨房を手伝ってもらえるのだが……

そもそも料理自体をしていないので、手伝おうにも手伝いようがない。

「最初はテイクアウト担当を頼んでみるとか？」

「ん。私も思った」

ビアとフルールがそう言うが、俺は首を横に振る。

「それも一応考えたけど、なんとなく切り出し辛くてな……」

調理場志望の人間にテイクアウトを担当させるのはさすがに抵抗がある。

料理人にとっては実質的な戦力外通告だし、クービスさんもそこまでして弟子入りしたくはないだろう。

「ただ、テイクアウト担当についてはどのみち雇うつもりだよ。決闘のバタバタも終わったし、やっぱりそっちのほうがカフィとラテにも良いだろうからな」

俺はそう言って、焼き鳥串を咥《くわ》えている姉弟を見る。

「ありがとうございます！」

「僕達のためにわざわざすみません」

「気にしなくていいよ。ホールに二人揃ってたほうが【テレパシー】も活用できるし、効率が良くなるだろ？」

現状、テイクアウトの時間帯は姉弟の片方＋ツキネでホールを回しているが、姉弟のスキルを考えると少しもったいない。

「それに、二人には助けられてるからな。なるべくなら本業のホールをやらせてあげたいと思うんだ」

「店長……！」

「ありがとうございます！」

「ん？　どうした？」

やたら感動した様子だったのでそう尋ねてみたところ、「「実は……」」と二人で声を揃える。

「店長、ビアさん、フルールさん……皆すごい人達ばかりなので……」

「僕達はどうなんだろうって心配してたんです……」

自分達がちゃんと店に貢献できているのか、俺の要求を満たせているのか不安だったらしい。

俺の中では姉弟のことも超人枠に入れていたので、まさかそんな風に感じているとは思わなかった。

「いやいや、むしろ助かりすぎてるくらいだよ。二人には本当に感謝してるし、近々昇給も行う予定だから」

「「て、店長……っ!!」」

「はは、だから心配しないでもいいよ」

目を潤《うる》ませる姉弟に笑いながら、俺は再びクービスさんの件に思考を戻す。

「はぁ、あの人の対応はどうしたものか……」

「……キュキュ!!」

片肘を突いて溜め息をつくと、傍にやってきたツキネが慰《なぐさ》めるように鳴くのだった。

そして翌日。

案の定……と言っては何だが、営業を終えた直後にクービスさんがやってきた。

「メグルさんっ!! お願いします! 何卒、何卒この俺を弟子に!!」

「いや……気持ちはすごく伝わるんだけど、昨日も言ったように料理人は雇ってなくて……」

「メグルさん……いや師匠《ししょう》っ!! 料理人見習いがダメなら、雑用でも大丈夫なのでっ! まかないでもなんでも、師匠の料理を食べられるならそれで十分ですのでっ!」

「いや、師匠って……クービスさん、もう少し冷静に考えたほうが……」

「クービスと呼んでください!」

「はぁ……いや、うーん……」

なんというか、キャラが完全に変わってないか?

昨日の時点で態度が軟化したとは思ったが、今日のクービスさんはそれ以上だ。

決闘で張り詰めていた糸が切れたのか、妙に清々《すがすが》しい表情を浮かべており、初対面の時に感じた棘が消えている。

助けを求めるように振り返るが、彼のあまりの変貌ぶりにビアとフルールも困惑を隠せない様子だ。

「その……クービスさん」

「クービスとお呼びください」

「……わかった、クービス。昨日にも増して真剣だけど、どうしてそんなに俺の弟子になりたいんだ？」

彼の根が真面目だというのは、決闘を通してなんとなくわかった。

負けん気の強い性格ではあるが、認めた人間には敬意を示すタイプなのだろう。

ただ、決闘に負けたあまりのショックで混乱し、奇行に走ってしまっている可能性も否めない。

そう思いながら答えを待つ俺に、クービスさん改めクービスは口を開いた。

「これまで俺は各地を転々としながら、様々な料理を食べてきました。変わった料理、面白い料理……数え切れないほどの郷土料理を学び、王都にいた頃は有名レストランの料理を食べ歩いたこともあります。しかし、昨日食べた料理……チーズレムルとヤキトリほど衝撃を受けた料理はかつてありません」

「そうか……それはありがたい話だけど……」

褒めてもらえて悪い気はしない。

だが、王都にはそれこそ無数のレストランがあり、俺の店より上に位置するレストランもたくさんある。

上位のレストランを探せば、クービスの修業先にふさわしい店があるのではないか。

その角度から断ろうとしたところ、クービスは再び語りはじめる。

「昨日の夜、グルメ特区にあるトップ五十入りのレストランに行きました。たしかにその味は繊細で、悔しいですが今の俺よりも上です。けれど、それでもやはりメグルさん……師匠の料理に感じた革新的な魅力はなかった。それに、決闘で師匠が出した料理は準備期間の数日で作られたもの。俺が学びたいのは、師匠のその応用力でもあるんです」

「それは……」

咄嗟に返す言葉がなく口を噤《つぐ》む。

俺とスタジオで別れた後も、クービスなりにいろいろと考えていたみたいだ。

その上で弟子入りを志願してくれたのは光栄だが、結局のところ問題は解決していない。

「クービス。昨日も伝えたとは思うけど、俺の調理は少し特殊なんだ。だから、調理補助の仕事も基本的には頼めないし、クービスを弟子に取っても困らせることになってしまう」

「そんなことは承知の上です！　先ほども言いましたが、まかないで料理の味を勉強させてもらえれば構いません！」

「いや、しかしな……本当に食べさせるだけしかできないし、調理のやり方は教えられない。クービスもそれはさすがに――」

「いいんです。俺はそれで」

俺の言葉を遮り、クービスは力強く言う。

それから彼は少しだけ逡巡《しゅんじゅん》する様子を見せ、意を決したように口を開いた。

「……そうですね、わかりました。師匠に、俺のスキルについて話します」

スキル。

この国の料理人にとって、それを他人に話すことは、手の内を明かすことに等しい。

基本的には秘匿するものだということを、俺はこれまでの数カ月で学んでいる。

だがクービスは、そんなスキルの秘密を俺に打ち明けると言った。

「契約魔法もなしに話してもいいのか？」

「ええ、俺のことを信頼してもらうためならば。スキルの話で師匠を納得させられたら、雑用か何かで雇ってもらえますか？」

「うーん……まあ、そうだな」

自分のスキルを打ち明けるのだから、その本気度は伝わってくる。

職務内容に本当にこだわりがないのであれば、テイクアウト担当の件を話してみてもいいかもしれない。

俺はそう判断し、クービスにテイクアウトの件を話す。

「――料理を持ち帰れるサービスですか。その担当として俺を？」

「ああ。元々、テイクアウト担当の人間を雇おうとは思ってたんだ。厨房の外での仕事だからクービスには頼めないと思って黙ってたんだけど……」

「なるほど……個人的に、そのテイクアウトという方式にも興味があります。まかないをいただけるのであれば……」

「まかない……ではないかもだけど、午後の昼休憩に皆の昼食を作ってるよ」

「本当ですか!?　それならばぜひっ！」

クービスは喜色を露《あら》わにすると、「それで、スキルの話ですが……」と話を戻す。

「ああ……少し待ってくれ」

彼に働く意思があるとはいえ、まだ雇うことが確定したわけではない。

スキルの話を聞くにしても、とりあえずは俺一人で聞いたほうがいいだろう。

ビア達に言って隣の家に戻ってもらい、俺とツキネ、クービスだけが店内に残る形とする。

「キュキュ……」

ちなみにツキネは、まだクービスのことを許していない様子だ。

態度の軟化以降、威嚇こそしなくなったが、その声と瞳にはまだ棘がある。

俺はそんなツキネを撫でながら席に着き、向かいに座らせたクービスを見る。

「……それで？」

「はい……」

彼は小さく咳払いをして、スキルの話を再開した。

「俺のスキルは【解析《かいせき》】。食べた料理の味を感覚的に解析する能力です」

「……解析？」

てっきり調理補助系のスキルかと思っていたので、予想が外れて訊き返す。

「はい。細かい部分まではっきりとわかるわけではありませんが、常人の数倍は鋭敏な感覚を持っているはずです」

「なるほど……」

それから詳しく話を聞き、彼のスキルについておおよその能力を把握する。

日本の食品でよく栄養成分のパラメーター表示があったが、クービスはそれの味覚バージョンのようなものを、ぼんやりと感覚的に理解できるようだ。

本質的には違うとはいえ、どことなく俺の【味覚創造】に類似したものを感じる。

「面白いスキルだな」

「はい、調理においてかなりのアドバンテージになるとは思います。味の調整に役立ちますし、真似したい料理がある際も参考になります。ただ……」

クービスはそう言って、【解析】のマイナス面についても語る。

パラメーターがわかるとはいえ、それはあくまでも感覚的なものにすぎない。

真似したい料理を即座に再現できるわけではないし、高レベルな料理は情報量が多く、一度に把握できる内容も限られてくるのだそうだ。

「正直、師匠の料理を食べた時もほとんど解析できませんでした。繰り返し食べて解析を重ねていけば、ある程度は見えてくるかと思うのですが……」

「なるほど……そういうことか」

クービスのスキルについて聞いたことで、なぜ彼が弟子入りを志願したのか理解できた。

俺から調理のやり方を教わらなくとも、クービスは料理の味から学ぶことができる。

それを弟子と言っていいかは微妙なところだが、師匠とした俺の料理を繰り返し食べ、少しずつ解析を進めるつもりだったのだろう。

「はい。ですので、調理の場に携《たずさ》わらずとも、俺にとってのメリットはあります。もちろん、客として食べに来るという方法もありますが、俺もどこかで働かなければいけませんし、毎日通うことはできないので……」

「ふむふむ……そうだな」

俺は顎に手をやりながら考える。

クービスにもメリットがあるのであれば、テイクアウト担当として雇うことに問題はない。

一応、職場仲間となる皆の意見も聞いておく必要はあると思うが、個人的に彼の実直さは嫌いではなかった。

それに、地球の味をクービスに学んでもらうことは、この世界に地球の味を届けたいという俺の想いにも合致している。

「わかった。弟子入りを前向きに検討しよう」

「……っ！　本当ですか⁉」

「ああ。念のため、従業員の皆に聞いてからだけどな」

「はい、ありがとうございます！」

「うん……それと、条件が一つ」

頭を下げるクービスに、俺は人差し指を立てながら言う。

「条件、ですか？」

「そう。まあ、大した条件じゃないんだけど――」

俺が求める条件は、クービスの将来的な独立。

クービスも当然そのつもりだとは思うのだが、店に馴染んで辞めないことも考えられる。

俺としてはクービスを通して地球の味が広まればいいと思っているので、弟子入りの前提条件として話すことにした。

「はい、もちろんそのつもりです！　ここで師匠の味を学んで、それを生かした店を開きたいですから」

独立の話を聞いたクービスは、頼もしい表情で頷く。

「ああ、頼んだよ。それじゃあこのまま皆の意見を聞きに行こうか」

席を立った俺は、クービスを連れて隣の家へ向かう。

「……あ、メグル。おかえり！」

「ビア、皆も。待ってたのか」

どうやら俺達を待っていてくれたらしく、一同がリビングに集まっている。

「それで結局どうなったの？」

「ああ。それがさ――」

俺はクービスを雇おうと考えていること、それについての皆の意見を聞いておきたいことを伝える。

「いいんじゃない？　クービスさん、根は良い人みたいだし」

「ん。メグルがいいなら」

「私も問題ありません」

「僕もです」

「キュウゥ……」

約一匹、声のトーンが低くなってはいたが、皆クービスを受け入れてくれるようだ。

こうして『グルメの家』にまた一人、〝テイクアウト担当〟兼〝俺の弟子〟という、新しい仲間が加わった。

第十九話　お試しテイクアウト

クービスの雇用が決まった後、そのまま雇用に関する条件を確認することにした。

就業時間や給料等、働く前に知らせておくべき事項を伝えておく。

「――とまあ、大体はこんなところかな。あとはクービスが重要視してた俺の料理だけど、さっきも言ったように昼休憩で毎日出すよ。ちなみに朝と夜は……クービスはもう王都に家を借りてる？」

「はい、先日契約しましたが……？」

「そうか……一応他の皆には朝と夜のご飯も作ってるんだけど――」

そう言って寮の説明をすると、クービスはすかさず食いついてきた。

「朝と夜の毎食師匠の料理が出るんですか⁉　しかも冷蔵庫にある師匠お手製の甘味まで自由に食べていい⁉」

「まあ、その分寮費をもらってるからな」

「寮費はいくらなんですか？」

「月あたり二万五千パスト」

「二万五千⁉」

声を張り上げたクービスが、真偽を確かめるようにビア達を見る。

「うんうん。めちゃくちゃ安いよね」

「ん。破格の寮費」

「『本当ですよ』」

頷きながら言う皆を見て、クービスは俺の方を向く。

「……決めました。俺、ここに入寮します」

「え、先日家を借りたばかりなんだろ？」

「そちらはすぐに解約します。違約金は少しかかりますが、入寮のメリットに比べたら安いもんですよ」

「そうか……まあ部屋は空いてるからいいんだけど」

そういうわけで、あっさりとクービスの入寮が決まった。

二階に空いていた一室に住んでもらうので、これで——キッチン部屋を除いて——全ての部屋が埋まる形だ。

最初に借りた時は部屋が多すぎるかとも思ったが、今となっては大きめの寮で良かったと思う。

クービスが借りている部屋の解約手続き等を考慮し、三日後の夕方に入寮してもらうことになった。

「ベッドとか机はあるのか？」

「いえ、部屋の家具は備え付けなので、新しく買うことになります」

「そうか。家具はこっちで用意するから大丈夫だよ」

「いいんですか？　ありがとうございます！」

「いいよいいよ。ちょっとした伝手があるから」

ちょっとした伝手。

カフェラテ姉弟の入寮時にも使った言葉だ。

つまりはツキネのことなのだが、俺はそこでふと思いつく。

「そうだ、契約魔法……」

カフェラテ姉弟とはまだ契約魔法を結んでおらず、俺のスキルやツキネの正体等も教えていないが……二人さえよければそろそろ秘密を教えてもいいと思っていた。

「「……店長？」」

首を傾げる姉弟を見た後、クービスのほうに視線を戻す。

この際だし、いっそクービスとも契約魔法を結ぶのはどうだろう？

弟子として学んでいくのであれば、できるだけ多く俺の料理を食べられるに越したことはない。

俺のスキルを教えていれば試作の時なども遠慮なく厨房に呼べるし、変に気を遣う必要もないので楽である。

「クービス。それにカフィとラテも」

俺は三人の顔を交互に見つつ、契約魔法の件を話す。

「三人と契約魔法を結びたいんだけど……どうかな？　俺のスキルとかについて、教えておこうと思うんだ」

「店長、いいんですか？」

カフィが驚いた様子で尋ねてくる。

「ああ。前に俺の信用を得た後がいいって言ってただろ？　二人のことはもう信用してるし、ちょうどいい頃合だと思うんだ」

「……っ！　そういうことなら、ぜひお願いします……！」

カフィは嬉しそうな顔で言い、ラテもコクコクと首肯する。

「師匠、俺にも教えて大丈夫なんですか？　もちろん嬉しいんですけど、俺は決闘で迷惑をかけてますし……」

「別に構わないよ。契約魔法を結ぶのに抵抗があるならやめとくけど」

「そんなことはありませんが……ありがたく提案を受けさせてもらいます」

「よし、決まりだな」

俺は手を叩き、さっそく準備を始めようとしたが、よく考えると魔法紙――契約魔法の締結に使う特殊な紙の用意がない。

すぐに買いに行こうとしたところ、「俺が買ってきますよ！」とクービスが手を挙げる。

張り切る彼にお願いし、一般的な魔法紙を三枚買ってきてもらった。

「――師匠、買ってきました！」

「早いな。助かるよ」

クービスが買ってきた魔法紙三枚をリビングのテーブルに並べた俺は、さっそく三人と他言無用の契約魔法を結ぶ。

ビアとフルールの二人は、邪魔にならないようにと自室で待機中だ。

「――それじゃあ、俺のスキルについて話そうか」

契約を締結後、緊張した面持ちの三人に秘密を語りはじめる俺。

ついさっきクービスからスキルを聞いたばかりなので、なんとなくデジャブの気分だ。

「……なっ!?　何もない場所から料理を生み出すスキルですか!?」

スキルの概要を聞いたクービスが、目を見開きながら身を乗り出す。

カフィとラテも驚いた様子ではあるものの、これまでの経験からなんとなく察しがついていたのだろう。

クービスに比べると衝撃の受け方が浅く、どこか納得したような顔をしている。

「ああ、あとで実際にスキルを使って見せるよ」

俺はそう言って話を続ける。

せっかく契約魔法を結んだのだから、ビアとフルールに教えたように、俺の素性やツキネの正体も伝えておきたい。

「──えっ!!　本当に異世界人だったんですか!?」

俺の素性を聞いたカフィが目を瞠りながら言う。

「本当にって……もしかしてなんかボロが出てた？」

「い、いえ！　そういうわけではないんですが……」

「少し前に冗談で『この世界の人間じゃなかったりして……』って話していたんです」

「はい、なので……まさか正解だとは思わなくて」

「よかった。そういうことか」

何か迂闊《うかつ》な行動をしていたかと思ったが、そういうわけではないらしい。

俺はほっとしながら、ツキネの正体についても話す。

「──神の使い!?　そうだったんですか……」

「……キュキュッ」

まさかという表情のクービスに対し、ツキネが威張るように鳴く。

一方、カフィとラテは「なるほど」と頷きながら、自慢気なツキネを見ていた。

「神聖な雰囲気を感じていたので、神の使いというのも納得です」

「頭もすごく良かったですしね」

どうやら、カフィ達のように感覚の優れた獣人は、ツキネから出る神聖な気配を感じやすいらしい。ただの動物ではないことを察していたと教えてくれた。

「――まあ、こんなところかな」

一通り話し終えた俺は、スキルの力を見せるべく席を立った。

簡易キッチンから食器とコップ、カトラリー類を持ってくると、わかりやすいよう声に出して【味覚創造】を発動する。

「料理は……なんでもいいか」

スキルの効果を見せられれば構わないので、とりあえず思いついたチキン南蛮を生成した。

「「「おおおっ!!」」」

一斉に身を乗り出し、出現した料理を凝視するカフェラテ姉弟とクービス。

俺はそれを横目に緑茶も生成する。

「本当に何もないところから料理ができるんですね……!!」

「店長、すごいです……!」

「はは、食べ物の神様に貰ったスキルだからな。さあ、冷めないうちに食べてくれ」

俺はそう言って、三人分の料理と飲み物を用意する。

「そうだな……どうせなら他の料理も作って早めの夕食にしようか」

二階にいるビア達を呼びに行こうとすると、ちょうど二人が階段から降りてきた。

「お、タイミングがいいな。ちょうど呼びに行こうと思ってたんだ」

「フルールから下に行こうって言われてさ」

「ん。ご飯の匂いがした」

タイミングがいいと思ったが、偶然ではなかったらしい。

二階まではかなりの距離があるのに、さすがはフルール。美味しい物への嗅覚《きゅうかく》が尋常ではない。

「ははっ、そうか。二人の分もすぐに作るから、早いけど夕食にしよう」

そう言いながらテーブルを振り返ると、チキン南蛮を食べたクービスが目を輝かせながらこちらを見ている。

「師匠！　これは何という料理ですか⁉」

「ああ、この料理はだな――」

俺はスキルウィンドウを操作しながら、興奮したクービスの質問に答えるのだった。


それから三日が経ち、予定通りクービスが入寮した。

無事に借りていた部屋を解約し、違約金も支払い済みだそうだ。

なお、入寮前の準備――家具類の設置をツキネに行ってもらったのだが、「キュウウ……」と渋る様子を見せたので臨時報酬の油揚げを出している。

入寮直後の夜はクービスに店のメニューを知ってもらうべく、ビーフシチューとバゲットを生成し、ささやかな歓迎会を行った。

そして翌日の定休日、俺達は空いた時間を使ってクービスの研修を行う。

カフィとラテは雇用当初から接客業に慣れていたが、クービスは料理人なので、接客の経験がほとんどない。

学生時代に少しだけバイト経験があるそうだが、それもほとんどは厨房勤務だったとのことだ。

テイクアウトの形態は王都でも珍しいものなので、経験者のラテに指導役を頼んで販売の流れを教えていく。

「なるほど……時間停止機能付きの魔道具を使うことで、このやり方が成立するわけですね。師匠が持つ破格のスキルなしでは、もっと大変になりそうですが」

「まあたしかにな。同じものを量産して保存するには、本来もっと人手が必要だ。スキルをくれた神様に感謝してるよ」

「テイクアウト自体は師匠のいた世界で一般的だったんですか？　仮に俺が師匠のスキルを持っていたとして、テイクアウトの形態を思いつくかどうか……」

「かなり普及してたよ。『早く、大量に』届けることが求められる時代だったからな」

「そうなんですね」

他愛もない会話を挟みつつ説明していき、一時間ほどで研修を終える。

「大体はこんなところかな。何か問題や要望があれば聞くから、いつでも相談に来てくれ」

「僕と姉さんも厨房にいますので、助けが必要な場合はお声がけください」

「はい、ありがとうございます」

クービスは俺とラテに頭を下げる。

研修をしてみて思ったが、クービスは物覚えがよく、決闘前の態度を除けば丁寧な対応も問題ないので、従業員として非常に有能だ。

指導役を務めたラテも同感らしく、「良い人が入りましたね」と言っている。

それから俺達は、テイクアウト用の新メニュー作りのため、店の厨房に移動する。

新作料理に興味津々なクービスはもちろん、ラテも試作が気になるようだったので、二人には味見役をお願いした。

ツキネは研修中に寝てしまったので、起こさずにそっとしてある。

「じゃあ、始めようか」

「「はい……！」」

俺が今から試作するのは、前々から考えていたハンバーガーのサイドメニュー。

フライドポテトをベースに、細かい調整を施していく。

「……こんなもんかな。皿を出してもらってもいい？」

「もう終わったんですか？」

「思った以上に早いんですね」

「慣れだよ。メニューもシンプルだったからな」

フライドポテトを構成する要素は、『じゃがいも』『塩』『油』の三つだけ。

難しい調整ではないので、十五分もあれば十分だった。

皿の上にフライドポテトを実体化させると、それを見ていた二人が「「おお……！」」と声を上げて拍手する。

「前のハンバーガー祭りで食べたやつですね」

「そうそう。フライドポテトって名前なんだ。じゃがいも……こっちではソラナン？　って呼ぶんだっけ……それを切って油で揚げた料理だよ」

「へえ、シンプルな料理なんですね」

俺の説明を聞いてクービスが言う。

もっと複雑な料理が出ると思っていたのか、意外そうな表情をしている。

「ハンバーガーに合わせるサイドメニューだからな。これくらいシンプルでいいんだよ。とりあえず試食してもらえるか？」

「はい、師匠」

クービスが一本のポテトを手に取り、ラテもそれに続く。

「……っ!!　これ、美味しいですね」

「なんか、前に食べた時と変わりましたか？　僕はこっちのほうが好みです」

「よかった。時間が経った時のことを考えて、油の感じを変えたんだよ」

テイクアウト商品は購入後すぐに食べてもらうのが理想だが、実際のところはそうもいかない。

その対策として考えたのが、時間が経っても美味しさを保てるフライドポテト。

油の含有量を減らす代わりに、塩の旨みとじゃがいもの甘みを加え、可能な限り萎びないように工夫した。

調整前のポテトに比べると表面のカリッと感が増し、さっぱりと食べやすくなっている。

もちろん、油由来のジャンク感も失わないようスキルで調整しているので、フライドポテトならではの満足感も健在だ。

「うん、美味いな。ハンバーガーが食べたくなる」

俺も少しだけ食べさせてもらったが、改良前よりサイドメニュー感が増している。

その後寮のリビングに戻り、他の皆にも『フライドポテト（改）』を試食してもらったところ、クオリティが上がったと大好評。

正式なテイクアウトメニューに加えることが決定した。


そうして迎えた翌日――クービス初加入の営業日。

これまでは昼時の時間帯のみ販売していたテイクアウトメニューだが、今日からは仕込みの数を増やして、営業開始と同時に売り切れるまで販売することになる。

「……店長、注文票です！」

「ありがとう。クービスは大丈夫そうか？」

営業開始から約二時間が経った頃、厨房に顔を出したカフィに尋ねる。

「はい、問題なく回せてるみたいですよ！」

「そうか、よかった」

テイクアウトの窓口も混み合う時間なので心配したが、クービスは上手くやっているらしい。

今のところ接客態度も問題なく、窓口の雰囲気も良好なようだ。

「乗り込んできた時のことを思うと意外だよね」

カフィが厨房を出た後、ビアが笑いながら言う。

「ん。完全に別人」

「むしろあの時が例外だったのかもな。根は真面目で善良だし、仕事もできるから助かるよ」

「結果オーライってやつだね！」

「はは、そうだな」

そうして注文をこなすうちに午後休憩の時間となり、俺達は一度店を閉める。

「クービス、窓口の仕事はどうだ？　特に問題ないとは聞いてるけど」

「はい、それほど難しい作業ではないので大丈夫です。ただ……商品が残り少ないので、あと三十分ほどで売り切れるかもしれません」

「ふむふむ……もうそこまで売れたのか」

それなりの数の商品を用意したつもりだったが、クービスの接客がスムーズなこともあってか、思った以上に売れるペースが速い。

「フルタイムでテイクアウトが実施できるのは、さすがにもう少し先かな……」

時間停止の魔道具で魔力消費を分散できるとはいえ、一日分のテイクアウト商品を用意するのはまだ厳しい。

「少し商品を補充するくらいはできるから、この後やっとくよ」

「わかりました、ありがとうございます」

俺は昼食をとった後、各テイクアウトメニューを二十セットずつ生成する。

第二部の営業が始まり、追加分もあっという間に売れてしまったが、ピーク時間限定で売っていた時に比べると一・五倍近い数のお客さんを捌くことができた。

まだ理想の状態からは程遠いが、確実に良い方向へ進んでいる。

テイクアウト本格化への手応えを感じる一日となった。

それからの数日間。

毎日少しずつ商品の販売数を増やし、テイクアウトの受付時間を延ばしていく。

クービスの加入から二週目を迎える頃には、昼休憩後もある程度まで受付が続くようになっていた。

テイクアウトの商品を増やすために効果的なのは、シンプルに俺の魔力量を増やすことだ。

ここ最近は使っていなかったツキネの魔力回復を再び使い、積極的に魔力を消費するようにしたのが大きい。

それ相応に疲労は溜まるが、中毒にならない程度の気付けポーションを服用しつつ、無理のない範囲で取り組んでいる。

また、業務を終えたクービスが腰をさするのを見て、商品ボックスの位置が高くなるよう調整した。

カフェラテ姉弟は猫獣人特有のしなやかな体ゆえ問題にならなかったようだが、床に置いたボックスから繰り返し商品を取り出すと腰への負担が半端ではない。

クービスは気にしなくてもいいと言ったが、労働環境の改善は店長の義務である。

ボックス位置の調整のついでに、水で薄めた気付けポーションを一日一本支給することにした。

クービスの加入から二週間が経った定休日。

本格的なテイクアウト体制が整う中、先日追加したフライドポテトに続くテイクアウトメニューの開発に着手した。

「さて、何を作るかだけど……」

「キュキュ♪」

簡易キッチンの前にて、油揚げを爆食い中のツキネを見ながら考える。

まだ試作案すら定まっていないため、ツキネ以外のメンバーは呼んでいない。

「ここはメインメニューを増やしたいところだよな……」

テイクアウトのメインメニューはハンバーガーの一品のみであり、テイクアウト＝ハンバーガーという認識が広がっている。

なるべく早めにテイクアウト用のメインを増やし、店内飲食と同じようにバラエティ性を持たせたいところだ。

また、メインのハンバーガー、サイドのフライドポテト、デザートのバタークッキーと並んでドリンクがないのも気になっているのだが……ドリンクの追加はひとまず保留することになっている。

というのも、前世のファストフード店にあったような紙コップがなかなか売っておらず、ドリンクの容器がないのだ。

ツキネに頼んで作り続けてもらうのも悪いし、お客さんが持参した水筒に入れる案も出たが、量による値段のバラつきが出てしまう。

そのためドリンクの問題については、メインが充実した後に考えるつもりだった。

「うーん……お客さんの分散が主目的なわけだし、店内メニューのテイクアウト版を作るのもありだな」

店内飲食の既存メニューをテイクアウト用に改良した料理。

すぐに思いつくのは『○○弁当』の形だが、ドリンクの容器と同じ問題が起きるので却下した。

となればやはり、ハンバーガーのようなパン系の料理が作りやすいが……

うーんと唸りながら考えること約数分、俺はふと妙案を思いつく。

「……そうだ、『カレーパン』だよ！」

新店フェス以来、いまだに根強い人気を誇るカレーライス。

そのカレーを持ち運びやすいパンの形に改良すれば、お客さんの受けも良いはずだ。

「同じ感じで『角煮饅《かくにまん》』とかもいけそうだな」

これまたお客さん達から人気の豚の角煮を使用した角煮饅。

ふわふわのバンズもハンバーガーやカレーパンとは一味違うし、バラエティ性の向上に一役買ってくれるだろう。

固まりはじめた本格的なイメージに、俄然《がぜん》テンションが上がってくる。

「そうと決まれば、さっそく試作だ！」

「キュキュッ!!」

拳を握った俺の足元で、油揚げを平らげたツキネが鳴く。

「二つとも数日中に完成させて、皆に味見してもらうぞ……！」

ツキネの皿に油揚げを追加した俺は、思いついた二品を調整するべく集中モードに入るのだった。

第二十話　登竜門《とうりゅうもん》とこれから

カレーパンと角煮饅の調整に着手した二日後。

俺は定期的な砂糖納入のため料理人ギルドを訪れていた。

いつものように砂糖を売ってすぐに帰ろうと思っていたのだが、ギルドカードを装置にかざしたギルド嬢が「あっ」と高い声を上げる。

「おめでとうございます！　ランクアップの通知が来ていますよ！」

「え、ランクアップですか？」

思ってもみなかった話に俺は驚く。

ランクアップといえば、料理コンテストや新店フェス等、何かしら大きなイベントの後にするものだという印象がある。

何かのイベントに出た覚えはなかったし、前回のランクアップからそれほど期間も経っていない。

不思議に思った俺は「どうしてですか？」と尋ねてみる。

「理由の欄に『レビューでの好評』とありますね」

「レビューですか？」

詳しく聞いてみたところ、少し前に書かれた有名美食家のレビューが大きく影響したらしい。

名前は忘れてしまったが、パエリア人気のきっかけとなった美食家のレビューだ。

また、比較的マイナーな魚介料理で好評を得たのも加点要素らしく、昇格の一因になっているのだとか。

今回のランクアップは一つ星分なので、俺は現在の七つ星から八つ星に上がることになる。

「異例のスピード昇格ですよ！　不備もないようですし、このまま更新しちゃいますね」

「はい、お願いします」

今回はギルマス室に呼ばれるようなこともなく、その場でランクアップ手続きが済むようだ。

ものの数十秒でカードは八つ星に更新された。


「――というわけで、八つ星に昇格したよ」

料理人ギルドから家に戻った俺は、ランクアップの旨を皆に伝える。

それぞれに祝福の言葉をかけてくれたが、中でも大きな反応を見せたのがクービスだ。

俺が渡した八つ星のカードをまじまじと見つめ、驚きの表情を浮かべている。

「本当に八つ星になったんですね。たしか、師匠がギルドに登録したのって……」

「えっと、大体半年前くらいかな」

「半年で八つ星ですか……驚異の昇格ペースですね」

「はは、まあな。だけどクービスも若くして六つ星になってるし、八つ星になるのも遠くないんじゃないか？」

「どうでしょう……もちろん上を目指していくつもりですが、八つ星というのは一つの大きな節目ですから」

「節目？」

「はい。八つ星以上の料理人は――」

クービスは饒舌《じょうぜつ》に説明を始める。

曰く、王都には無数の星持ち料理人がいるが、八つ星以上の料理人となると一気に数が減るのだそうだ。

コンテストや大会で結果を残し、ある程度の星数に達した料理人は、自らの店を開いて激しい競争に身を投じる。

星数が上がると昇格の要件は厳しくなり、以前のようにコンテスト等に出ればいいわけでもなくなるので、開店後の昇格ペースは落ちやすい。

序盤は順調に星を伸ばすが途中で停滞する料理人が続出し、数年経っても六つ星や七つ星から昇格できない人がほとんどだそうだ。

「――中堅以上の料理人がコンテストに出ても、よほど強い印象を残さない限り星は上がりません。特に七つ星から八つ星は上がりにくいと言われていて、料理人として大成するための節目、壁のようなものだと考えられています」

「なるほど……そうだったのか」

要するに八つ星への昇格は、料理人達が一流になるための登竜門的な扱いなのだろう。

クービスも順調に星を増やしているが、ここから先が本当の勝負になるとのことだ。

「まあ、師匠であれば八つ星も当たり前ですが」

そう言って俺にギルドカードを返すクービス。

「一流料理人への第一歩か……」

あまり実感が湧かないが、また一つ上のステージに上がれたということだ。

嬉しさを感じると同時に、現在の最高ランクである十五つ星の遠さも感じる。

「……まあ、八つ星になっても俺が変わるわけじゃないしな」

星が変わっても俺がやることは変わらない。

自分のやりたいことを楽しめていれば十分なのだ。

幸いなことにテイクアウトも好評だし、肩肘《かたひじ》張《は》らずのびのびとやっていきたい。

「よし、そしたらカレーパンと角煮饅を仕上げていくか。上手くいけば明日からメニューに加えるぞ！」

ギルドカードをしまった俺は、明日以降のことに気持ちを切り替える。

新メニューはどちらもいい感じになりつつあるので、お客さん達の反応が楽しみだ。

「クービスも何か試作するか？」

「あ、いいですか？　いくつか食材を買ってきたので、軽く試作しておきたいです」

「了解。俺はこっちのキッチンを使うよ」

「ありがとうございます！」

クービスは頭を下げて言う。

テイクアウト担当に慣れて余裕が出てきたようなので、数日前からこうして試作できる場を与えている。

俺の料理を食べてインプットしてもらうことも大切だが、それをしっかり試作でアウトプットしてもらうことも大切だ。

店のキッチンにはまだ食材の保管場所がないので、クービスの試作食材用に保存力の強いミニ冷蔵庫を置こうとも思っている。

いそいそと準備するクービスを一瞥《いちべつ》した俺は、ビア達と共に簡易キッチンへと向かった。


「――師匠、テイクアウト業務終わりました！」

「了解、お疲れ様。しばらく休憩しててくれ」

翌週の半ば、閉店までの残り時間が一時間を切った頃。

業務を終えて戻ったクービスに薄めた気付けポーションを渡す。

「それにしても、だいぶ持つようになったな」

彼が働きはじめて早三週間以上が経ち、テイクアウト商品が売り切れるまでの時間がずいぶん延びてきた。

魔力量アップの努力が実を結び、一日あたりの商品在庫数が増えたためだ。

あと数週間もあれば閉店時間まで乗り切れる見込みである。

「新商品の売れ行きも好調だし、テイクアウトも様になってきたな」

つい先日メニューに追加したカレーパンと角煮饅。

二品ともお客さん達から大好評で、リピート客が続出している。

この先さらに他のメインメニューやドリンク等を追加していけば、ますますテイクアウトシステムが認知されていくだろう。

既に常連の中にも〝テイクアウトの日〟を設ける人が出はじめており、良い傾向だと感じている。

「店長、注文票です！」

「ありがとう」

カフィから注文票を受け取り、目を通す。

今も着々とファンを増やすパエリアの注文だ。

パエリアと言えば先週末、発案のきっかけとなったレザンさんが再び来店してくれた。

彼の中にある魚介料理欲を満たせるか不安だったが、「美味い」と微笑んでくれたので安心した。

「フルール」

「ん」

スキルでパエリアを生成した俺は、隣のフルールにその皿を渡す。

「――【デザイン】」

白光に包まれて生まれ変わったパエリアは、相変わらず惚れ惚れする美しさだ。

「カクテルできたから持ってくね！」

パエリアの皿を配膳テーブルに置いていると、グラス片手にビアが厨房を出る。

彼女のカクテルも変わらず好評で、最近はさらに腕を上げたようだ。

俺も時折少量のカクテルを飲ませてもらうが、日毎に多様性が増している。

「師匠、食器類の洗浄しときますね」

「お。ありがとう」

新たに入った注文票を確認していると、休憩を終えたクービスが皿の洗浄を始めた。

彼の仕事ぶりも雇用当初から健在で、テイクアウト業務が終わった後にはこうして手伝いもしてくれる。

試作によるアウトプットも順調らしく、毎日が充実しているそうだ。

ここ数日の営業終わりはずっと店の厨房に残り、料理研究に没頭している。

今度、俺のチーズオムレツを参考にした料理を作ってくれるそうなので、どのような味になっているのか楽しみだ。

料理のクオリティ次第では、弟子の試作品として店で提供することも考えている。

「――キュキュッ！」

真面目に皿を片付けるクービスに頷いていると、注文票を咥えたツキネがやってきた。

「ありがとな」

「キュウ♪」

混雑への対応として復活させた〝ツキネへの注文システム〟だが、一部お客さんからの根強い人気で今もなお継続中だ。

おねむ状態の時は休ませるようにしているが、一日のうち二、三時間は注文を受け付けている。

「キュッ！」

「おう、いってらっしゃい」

ホールに戻るツキネを見送り、注文票を確認する。

そうしてまた次の料理を作り、お客さん達に届けていく。

「……一段と〝店らしく〟なったなぁ」

ウィンドウを開きながら、俺は小さく零す。

クービスが加入したことにより、従業員は俺も含めて六人と一匹になった。

皆が出入りする厨房は賑やかで、毎日滞りなく回っている。

目の前の注文に精一杯だった以前の状態を考えれば、店の基盤が固まり、安定しはじめたことを実感する。

なんといえばいいか、ようやく地に足が着いたような感覚だ。

掲示板のランキングも三百位台に入ったとお客さんから聞いているし、この環境をベースに上を目指していきたいと思う。

「……メグル、にやにやしてどうしたの？」

厨房に戻ってきたビアが、俺を見て不思議そうに首を傾げた。

自覚はなかったが、口角が上がっていたらしい。

「いや……まあちょっとな」

俺はそう言って、スキルウィンドウに視線を戻す。

これからさらに成長していく店の未来に想いを馳《は》せながら、再び口角を上げるのだった。

没落した貴族家に拾われたので恩返しで復興させます
六山葵
Aoi Rokuyama
魔法の才で偉くなって
没落した実家を立て直そう！
悪魔にも愛されちゃう
少年の王道魔法ファンタジー！
あくどい貴族に騙され没落した家に拾われた、元捨て子の少年レオン。彼の特技は誰よりもずば抜けた魔法だ。たまに夢に見る不思議な赤い本が力を与えているらしい。才能を活かして魔法使いとなり実家を立て直すため、レオンは魔法学院に入学。素材集めの実習や友人の使い魔（猫）捜し、寮対抗の魔法祭……実力を発揮して、学院生活を楽しく充実させていく。そんな中、何かと絡んできていた王国の第二王子がきっかけで、レオンの出自と彼が見る夢、そして魔法界の伝説にまつわる大事件が発生して——!?
◎定価：1320円（10％税込）　◎ISBN 978-4-434-32187-0　◎illustration：福きつね
家はボロ小屋
風呂も洗濯も川の水
アルファポリス

工芸職人《クラフトマン》は
セカンドライフを謳歌する
鈴木竜一
Ryuuichi Suzuki
天才工芸職人の
のんびり
プチ隠居ライフ、
開幕！

ネットで話題沸騰!
アルファポリスWeb漫画
面白い漫画が毎日読める!!
アルファポリス
COMICS
原作 柳内たくみ 漫画 竿尾悟
ゲート
GATE
自衛隊 彼の地にて、斯く戦えり
原作 あずみ圭 漫画 木野コトラ
月が導く異世界道中
原作:秋川滝美
漫画:しわすだ
居酒屋ぼったくり
原作 小鳥遊渉 漫画 紺平
異世界に転生したけど
トラブル体質なので心配です
原作 猫月晴 漫画 torimo
転生したら、なんか頼られるんですが
新連載開始予定!
原作 柊彼方 漫画 貝原黎音
追放された【助言士】のギルド経営
新連載開始予定!
人気連載陣
● THE NEW GATE
● 素材採取家の異世界旅行記
● 異世界ゆるり紀行
～子育てしながら冒険者します～
● いずれ最強の錬金術師?
● 追い出された万能職に新しい人生が始まりました
● 勘違いの工房主
● 装備製作系チートで異世界を自由に生きていきます
and more...
原作 椎名ほわほわ
漫画 六堂秀哉
とあるおっさんのVRMMO活動記
原作:金斬児狐
漫画:小早川ハルヨシ
Re:MONSTER
リ・モンスター
選りすぐりのWeb漫画が
無料で読み放題!
今すぐアクセス!
アルファポリス 漫画
検索
アルファポリスアプリ
スマホでも漫画が読める!
App Store/Google play
でダウンロード!

この作品に対する皆様のご意見・ご感想をお待ちしております。

おハガキ・お手紙は以下の宛先にお送りください。

【宛先】

〒150-6008 東京都渋谷区恵比寿 4-20-3 恵比寿ｶﾞｰﾃﾞﾝﾌﾟﾚｲｽﾀﾜｰ 8F
（株）アルファポリス　書籍感想係

メールフォームでのご意見・ご感想は右のＱＲコードから、
あるいは以下のワードで検索をかけてください。
アルファポリス　書籍の感想　検索

ご感想はこちらから

本書は Web サイト「アルファポリス」（https://www.alphapolis.co.jp/）に投稿されたものを、改題・改稿のうえ、書籍化したものです。

【味覚創造《みかくそうぞう》】は万能《ばんのう》です３
～神様《かみさま》から貰《もら》ったチートスキルで異世界一《いせかいいち》の料理人《りょうりにん》を目指《めざ》します～
秋ぶどう（あきぶどう）

2023年 6月 30日初版発行

編集－村上達哉・芦田尚
編集長－太田鉄平
発行者－梶本雄介
発行所－株式会社アルファポリス
〒150-6008 東京都渋谷区恵比寿4-20-3 恵比寿ｶﾞｰﾃﾞﾝﾌﾟﾚｲｽﾀﾜｰ8F
TEL 03-6277-1601（営業） 03-6277-1602（編集）
URL https://www.alphapolis.co.jp/
発売元－株式会社星雲社（共同出版社・流通責任出版社）
〒112-0005 東京都文京区水道1-3-30
TEL 03-3868-3275
装丁・本文イラスト－フルーツパンチ。（http://joto.yukihotaru.com/）
装丁デザイン－AFTERGLOW
刷－中央精版印刷株式会社

カバーに表示されてあります。

の場合はアルファポリスまでご連絡ください。

社負担でお取り替えします。


3-4-434-32040-8 C0093